The Writing Machine
—William S. Burroughs

ライティング・マシーン——ウィリアム・S・バロウズ

Dan, Keisuke

旦 敬介

インスクリプト

INSCRIPT Inc.

William Burroughs on roof of apartment house East Seventh Street where I had a flat, we were lovers those months, editing his letters into books not published till decades later. (as *Queer*, 1985.) Lower East Side Fall 1953.

Allen Ginsberg

ウィリアム・バロウズが私のフラットがあった東七丁目の共同住宅屋上にいるところ。この数か月間私たちは恋人同士で、彼の手紙を編集して本にしようとしていたが、これは何十年もあとまで刊行されなかった（1985年の『クィア』）。ローワー・イースト・サイド、1953年秋。

アレン・ギンズバーグ

The Writing Machine — William S. Burroughs

For my little boy and big boy, Teo and Leroy.

目次

第II部　リオ・ブラーボの南

第III部　インターゾーン

ライティング・マシーン——ウィリアム・S・バロウズ

What a man wants to do
he will do sooner or later,
in thought or in fact...

— William S. Burroughs

0 —— プロローグ　旅のはじまり

自由のパトロール ——

僕がいちばん初めに読んだウィリアム・S・バロウズの本は『赤夜の六都市』（*Cities of the Red Night*, 1981）だ。これは彼が一九七〇年代の末に書いた本で、八一年にハードカバーが出て、八二年初めにペーパーバックが出た。「バロウズの復活」と評された本だ。復活？　何からの？『裸のランチ』（*Naked Lunch*, 1959）の副産物からの？　解読困難なカットアップからの？　アンダーグラウンド出版からの？　およそそんなところだろうが、八二年にそれを買った僕はそんなことは知らなかった。たしか『ヴィレッジ・ヴォイス』の書評で見て、律義にヴィレッジ近くのバーンズ&ノーブルで買った。六ドル六五セント。

書評の内容は「バロウズの復活」ということしか憶えていないが、ペルーに向かう途中の貧乏旅行者であった僕がわざわざ買ったぐらいなのだから、相当強力な書評だったにちがいない。その当時の僕は、バロウズがその三十年前にペルーやコロンビアの奥地へ、「究極の一発」と見込まれた薬物、「ヤヘ」（長く「イェージ」と誤読されてきた）を求めて旅したことなどは知らなかった。僕の関心はせいぜいマリワナとコカインとアシッドぐらいだった。ヤヘとバロウズの交錯について知っていたら、僕のペルーの旅はまったくちがったものになっていたはずだが、まだその準備はできていなかった。

この本は装丁からしてまったくイカした本で（装画はブリューゲル「死の勝利」）、内容的にもあまりにもイカしすぎていてなかなか読めなかった。読んでも話はよくわからないのだが、すごいということだけはわかった。『赤夜の六都市』はそれからほぼ十年間、かなりたくさん旅をした僕のスーツケースのなかに常に入っている一冊だった。これほど長くつきあうことのできた本は僕の生涯を通じて他に一冊もない。この本なら僕は何度でも読めるし、何度読んでもよくわからないし、どこから読んでもすぐに入りこめるし、すべてのページに刺激がある。これは実際、文章家としてのバロウズの最高到達点だと思う。すべての文が研ぎすまされていて、ぴたっとはまっていて、それこそ単語ひとつ変えることができない。

僕がこの本を旅に持ち歩いたということ自体にはあまり意味がないのかもしれない。おそらく、日常生活においてはこの本の壮大なイメージ群に立ち向かうだけの精神的な強度を保てなかったのだ。とても地下鉄の中で読んだりできる本ではないからだ。しかし、『赤夜の六都市』が旅の本であることは偶然ではないだろう（もちろん、「偶然というものは存在しない」)。それは時間と空間のなかを、そして人格と人格の間を自由に飛びまわって旅することができたら、という究極的な旅の本だった。

バロウズ自身、現実に、激しく旅に生きた人だった。晩年の十六年間、カンザス州ローレンスに住んだのが生涯でいちばん長く一か所に暮らした経験だったわけで、六十五歳を過ぎるまではまさに「スーツケースに暮らす」(living out of suitcases)[1]生活だったと言っていい。それもほとんどが異邦に暮らす生活だった。アメリカ人でなければけっして書けない種類の英語を書く人でありながら、彼は自分の生まれた国アメリカ合衆国を忌避し続けた。

一九四九年、ニューオーリンズでドラッグ裁判に巻きこまれ、収監を避けるためにメキシコへと脱出したのを振り出しに、エクアドールへ、パナマへ、ペルーへ、コロンビアへ、インターナショナル・ゾーンだったモロッコのタンジェへ、デンマークへ、パリへ、ロンドンへ。彼はいつも追われるようにして逃げ歩いた。どこかもっと、個人的な嗜好に寛容な場所はないのか、と探しもとめながら。逃亡と偵察だけが旅の根拠だった。時効になるまでのと

1 ——一九五七年八月二十日付のアレン・ギンズバーグあて手紙。Harris, ed.: *The Letters of William S. Burroughs, 1945 to 1959*, 1993, p. 363. 以後この本は*Letters*と略称し、ここに収められている手紙からの引用は原則として20/VIII/57(この手紙の場合)という形式で日付のみを示す。また註での書誌表記は簡略にとどめ、バロウズの著作については書名のみを記した。詳細は巻末の「書誌」を参照のこと。

りあえず五年間というつもりで始めた自主的な亡命の旅は、結局ほぼ二十四年間、六十歳まで続いた。それはメッカ巡礼に行くと言ってでかけたきり中国まで行ってしまったイブン・バトゥータの二十八年にはおよばないが、まあ似たようなものだ。

「人間は考える葦である」という謎めいたことばがある。これは、人間は考えることができるから他の動物や植物と違って人間なのだ、というふうに肯定的に解釈するのがふつうのようだが、僕はそれは逆なのではないのかという気がする。つまり、考えることがなければ人間は葦と同じだけの価値しかない、ということではないのか。葦というのは生きているだけで、ほとんど無価値なものだ。考えることがなければ、人間も飯を食って糞をして生殖するだけで、動物とも植物ともなんら変わるところがなく、無価値である——そう考えると、これは一気に人間に対する絶望の宣言へと姿を変える。そんなに大したことを人間はいつも考えているわけではないからだ。というか、たいがいの人間がたいがいのとき考えているのは、つきつめてみれば、飯を食うことと、次のセックスのこと、そこにいたるための手段や道筋のことだ。それはライオンや鮫が日ごろ考えていることとなんにも違わない。

バロウズはジャンキーとして、飯はろくに食わない、糞は一か月に一回しかしない、生殖はしない、というそれこそ動物以下の生活を長いこととしていただけに、人間が無価値になることをいやというほど知っていた。それでも彼が強靭な体力をもって生き続けたのは、「自分には使命がある」というオブセッションを真正直に抱いていたからだ。

「使命ということを想定しなければ、人間の人生には何の価値もない」と彼は言った。そして、彼の使命は「自由のパトロール」だった。自由がどれほど保証されているか、この世をパトロールしてその報告をする。彼の旅はいつも逃亡の旅だったが、それはとりもなおさず自分自身を物差しとして使って自由を測定していくパトロールの旅だったのだ。その旅は地理的な旅であることを超えて、いつでもすぐそこにあるのだがたいがいの人間にはその入口が知られていないもうひとつの世界、別の次元への偵察の旅になっていった。彼の本はその報告書だった。そこには敵地の見取り図や自由の処方箋が添付されることになった。

ことばの力 ――――

そのような報告書を書くのには、十九世紀のヨーロッパで完成された「小説」という上品な約束ごとは役に立たなかった。「小説」の約束ごととは「現実原理」とでも呼ぶべきものにつきるからだ。

つまり、作品のなかの因果関係が現実に照らして納得できるものであること、時間がひとつの方向にしか進まないこと（未来の出来事が過去に影響をおよぼしたりしないこと）、人間が別の人間に生まれ変わってしまったりしない、というようなことだ（もうひとつ、危険を承知であげるならば、基本的な人間観として性善説的なものが採用されていること、という言外の約束もやはりあるような気がする)。

そのほとんどすべてをバロウズは壊さなければならなかった。それは自分が『ジャンキー』(*Junky*, 1953)で確立したハードボイルド的な、ブルージーなスタイルを捨てることでもあった。

彼はそういう約束ごと以前の、もっと文章の起源にあったものに近づこうとしたのだ。

> 覚えておかなければならないのは、すべての芸術は起源において魔術的なものだったということだ。音楽も彫刻も、文章も絵画も。そして、魔術的というのは、きわめて具体的な効果をもたらすことを意図している、という意味だ。書くことと描くことが不可分な状態にあったのが洞窟画だが、それは狩りの成功を目的としていた。芸術は芸術自体を目的とするものではなく、本来は機能をもったもの、何かを起こすことを意図するものだった……たとえば、無数の針が刺さったヴードゥー人形——正真正銘の西アフリカもの、五十七丁目で五〇〇ドルというような——を買って、おしゃれなロフトの壁に飾ったりする。それはもう敵を殺すという目的を果たしていない……[2]

「魔術的」というのはとらえどころがないだけに抽象的なことのような気がするものだが、
実際はそのまったく反対だ。魔術は具体的な効果(死をもたらすとか、雨を降らすとか)を及ぼすことを目的とする。

バロウズはそのような力をもった文章が書きたかった。その目的は、自由の敵をくじくこと、そして、自由の兵士を集めることだ。

僕の考えでは、バロウズが実際に文章による魔術を行なったとは思わない。この世に実際に魔術を使える人間がいることは疑いないと思うが、バロウズはそのような意味で魔術を使える人ではなかった。魔術を使えるようになりたいと思っていたことはたしかで、その入口を見つけるために、ことに一九六〇年代には画家のブライオン・ガイスンとともに実にさまざまな実験をくりかえした。ふたりとも「魔術師の弟子」以上になることはなかったようだが、バロウズは少なくとも近代小説という「出来レース」を抜け出して、ピカレスクへ、メニッペアへと、語りの起源に接近していった。

バロウズというと、カットアップという文章操作の技法が有名だが、それは作者の意図や意識といった偏狭なものを突破して、文章の自由、文章の魔術性へと少しでも接近するための大きな試みのなかの小さなエピソードでしかない。

それを単に小説の技法というとらえかたをするならば、多くの人が一読して感じる通り、それはほとんどの場合成功していない。なにしろ解読できない（明確な意味を発生させられ

2 ——— Burroughs and Gysin, 1996, p. 79.

ない）場合があまりにも多いからだ。しかし、バロウズの実人生のなかにおいては、それは実際に、未来の出来事を予言することがあったし、また、魔術性ということを考えたならば、それが誰かに対して魔術的な効果を発揮したことがあるかどうか、魔術の標的とならなかった一般読者にはとうてい知りようがない。

ただ、それが単なる小説的技法でなかったことは、カットアップをしきりに行なっていたころのバロウズが（主に六〇年代の）、小説以外のところでも並行して数々の実験を行なっていたことからもうかがえる。テープレコーダーを使った音声のカットアップは、出まわりはじめた日本製のチープなテープレコーダーが二週間で壊れるほどのめりこんでやっていた。それを彼は、自分の自由を破壊しにやってくる勢力（それを彼は「コントロール」と呼んだ）を打ち破るための具体的な武器として、サブリミナルな攻撃の道具として想定していた。また、意識のある状態で夢を作り出すための「ドリーム・マシーン」、空間のなかに充満しているスピリチュアルなエネルギーを体内にとりこむための「オルゴン・ボックス」、パリの通称「ぼろぼろホテル」（ビート・ホテル）の一室でしきりに行なっていた鏡凝視の実験など、いずれも「もうひとつの領域」の力を自分のものとして、具体的に使えるようになることを目的としたものだった。

ドラッグをたくさんやっている人はどうしてもパラノイアがちになる（それはむろん、そうでない人には見えないつながりが見えることがある、ということでもある）が、バロウズが信用できると僕が思うのは、こうした、言ってみればばかばかしいような実験を、自分自身の肉体を使って実際に本気でちゃんとやってみているからだ。彼はけっこう懐疑的だったのだ。彼はけっして観念的な人ではなかった。きわめてフィジカルな人だった。自分のフィジカルな存在(手や足や耳や目や血管や……)を使ってやってみなければ納得できなかった。バロウズは「たとえばシュタイナーのように、霊的な世界が見える人ではなかった」(小池桂一)。これは重要なことだ。彼はそれをダイレクトに見ることができなかった。しかし、さまざまなこの世の実験を通じて、われわれが常に見ている「現実」以外の次元が確実に存在することを確信していた。彼の作品はすべて、その「もうひとつの次元」(別にひとつでなくともいいのだが)がどんなものでありうるのかを、スピリチュアルでないひとりの人間が手探りで探し当てるための活動記録だった。

ペインキラー——

バロウズはヘロイン中毒だったことで有名だ。ただ、しばしば誤解されているのだが、彼はヘロインをやりながら書いていたわけではない。彼は基本的には、ヘロインをやめてから作家になった。ヘロインにいちばん深入りしていたのはタンジェに暮らしていた一九五〇年代半ばの数年間だろうが、そのころの彼は、それこそ朝から晩まで自分の足の親指を見つめて過ごしていた。それ以外に何もできなかった。ボーイフレンドにクスリの管理を頼んで一日量を制限したり、服や靴を隠しておいてもらったり（売人のもとに買いに行かないように）、依存症を蹴ることを目的に旅に出たりもした。しかし、一九五六年には落ちるべきところまで落ちた。打てる血管もなくなって、足の甲と右手の甲しか使えるところがなかった――右手の甲は自分では打ちにくいので最後まで残った。

その年、彼は親に特別に送ってもらった金でロンドンに行き、今や伝説的なジョン・ヤーバリー・デント医師によるアポモルフィン療法を二週間受けて依存症を蹴るのに成功した。彼が本格的に『裸のランチ』を書きあげたのはそれからのことだ。その後も、何度も逆もどり（リラプス）して常習状態にもどってしまうのだが、書くときの彼はヘロインではなく、マリワナを吸っていた。これは彼が生涯の最後まで、好んで使っていた物質だった。

一九九七年五月二十四日の日記――「ほんのひと口ふた口だけで……いくつもの出口が見えるし、もっと先まで見える。こんな無害な、実り豊かな物質をなぜそんなに迫害するのか？」[3]

作品のなかの人物たちがいつも阿片系のクスリをやっているので勘違いしやすいのだが、彼の作品の飛びは、『裸のランチ』から一貫して明らかに葉っぱ飛びなのである。そう考えなければ、彼の作品において非常に重要な要素であるジョーク、笑い、ユーモアはとても理解できない。ジャンキーは笑ったりなどしないからだ。「私は意図的に笑いをとろうとしている」（I intend to be funny.）というのを彼は一度ならず述べている。そして、この笑いによってバロウズの作品は近代的な小説よりもピカレスクに近づく。現実的な、日常的な、リアルな出来事よりも破天荒な出来事、シニカルな笑いを生み出すスラップスティック的な出来事こそが彼の作品の主たるモチーフなのだ。

おそらくこの笑いの側面がいちばんストレートに出てくる作品は『西方の地』（*The Western Lands*, 1987）だ。これは七〇年代末から八〇年代初頭のニューヨーク暮らしで、ふたたび（六十五歳にしてふたたび……）ヘロインにはまってしまった彼が、依存症と格闘しながら苦行のようにして『死んだ道の場所』（*The Place of Dead Roads*, 1983）を書きあげたのち、メタドン療法であらためて依存症を蹴ってから、生きる勢いをとりもどして一気に書いた作品だった。『西方の地』は死のメカニズムを小説として書いた稀有な本と言っていいと思うが、それは死を笑いとばし、愚弄しきっていて、究極の「もうひとつの次元」である死を、対等のもの、すぐそこにある親しいものとしてとらえていて、全バロウズ作品のなかで最も痛快爽快な作品だ。彼はすでに七十歳を過ぎていた。

バロウズが結果的に、「ヘロインはかっこいい」という感覚への導き手のひとりとなったことはたしかなことだ。実際、彼の作品に出てくるヒーローたちは例外なくヘロインをやっ

3 —— *Last Words*, p. 192.

ているし、それはいかにも気持ちよさそうだ。これだけヘロインを気持ちよさそうに書いた作家は他にいないし、「自由のパトロール」を行なう彼にとって、ドラッグをやる自由というのが出発点にあったこともたしかだ。バロウズにとって、ジャンキーとしての体験は自分と不可分のものとして人間観察の基盤となったのだし、根本的に阿片系薬物の肉体的感覚が忘れられないほど好きだったのだろうが、作品のなかでのヘロインは、人間の弱さとか、弱さをもった人間に対する寛容とか、個人的な嗜好の自由を表現するための道具だったように思う。

その一方で、ヘロインは人間を「コントロール」するために誰かが悪意をもって送りこんだものである、という考えを彼がもっていたこともまたたしかだ。人は誰からも文句を言われずに好きなだけ好きなことをやる自由がある、しかし、ヘロインに縛られることは自由の喪失でもある。依存症は人に定住を強制するし、戦う能力を損なう。したがって、ヘロインは（あるいは、依存症は）人間を自由の追求という本来の使命から逸らせるために送りこまれた逆スパイ（逆工作員《エージェント》）である可能性があるのだ。それだけに、バロウズとドラッグの関係は案外複雑なものだ。そこにはさらに、映画『ドラッグストア・カウボーイ』（ガス・ヴァン・サント監督）で演じたジャンキー神父のように、だめだとわかっていながら流されていってしまう人間の弱さに対する悲しみのような、慈しみのような、あきらめのような感情もかかわっている。ふたたびヘロイン常習に陥らないように、生涯の最後まで定期的にメタドンの投与を受けていたほどだから、とにかく彼はヘロインが好きだった。それに負ける自分の弱さをよく知っていた。それだけ具体的な痛みがあったのかもしれない。もちろんそうだ。人間には痛みを止めるものが必要であることを彼ほどよくわかっていた人もいないのかもしれない。

バロウズは常々言っていた――「ヘロイン中毒が体に害であることを示す証拠はひとつも出されていないんだよ」。彼は最後まで自分の足で歩いていた八十三年の生涯を通じてそれを身をもって示した。

好きだった人はみんな先に死んでしまった。キキ、ケルズ、イアン、ビリー、ブライオン、マイケル、アレン……。死者の国……。

一九一四年二月五日―一九九七年八月二日、ウィリアム・S・バロウズ。

今度の旅は長いものになる。

第I部
偵察

1――ライティング・マシーン

ナイロビのオリヴェッティ――

ナイロビに住んでいたとき、一週間ほどザンジバルに行って帰ってくると、アパートが荒らされていて金目のものが全部盗まれていた。「スーツケースに暮らす」生活を始めてすでに一年以上がたっていたから、大した持ち物はなかったのだが、けっこう気に入っていたJVCのCDラジカセと、長いことやっていなかったゲームボーイ（これは戸棚のかなり奥のほうに追いやられて埋もれていたのだが、見逃されなかった）と、オアシスのラップトップ型ワープロが主な被害品目だった。一九九二年のことだ。

鍵のかかったクローゼットをこじあけるために使われてひんまがったナイフやフォークが室内に散乱しているという、かなり日常から乖離した光景を見たときには心臓が高鳴ってうろたえたが、僕は元来、案外用心深いたちで、治安のよくない土地での暮らしが短いわけでもなかったから、ラップトップ・コンピューターのように見えるこの小さなワープロが泥棒にとって格好の標的であることは以前からはっきりわかっていて、いつ盗まれても不思議ではないと思っていた。だから、最悪の事態を避けるために、外出するときにはいつも、使用中のフロッピー・ディスクを本体から抜いて別の場所に保管しておくという厳格な習慣を意識的につけていた。ザンジバルに出かけた際にもその習慣をしっかり守っていたため、フロッピーだけは無事に残されていた。ラジカセと一緒に置いてあったCDは何枚か盗られたようだったし、最後に聞いていてラジカセ本体にセットしたままになっていたシャブ・マミのカセット（これはタンジェのカセット屋台でかかっていたのを買ったアルジェリアのジンガーで、民族性と国際性の混交のセンスがきわだって素晴らしく、アラビア語の響きに魅入られたように朝から晩までそのころ聞いていた）もなくなってしまったが、ケニアの泥棒もさすがに、音も出ず写真も描かれていない無味乾燥なフロッピーには盗む価値を感じなかったらしかった。

　ワープロを取られてしまったことに関して、精神的なショックはほとんどなかった。文書までは取られなかったことと（ケニア北部、トゥルカナ湖の鰐に関する本を九割がた翻訳し終えたところだった）、いつ取られるか、と盗まれるのを予期していたこともあって、むしろ、来るべきものが来たという、なんだかほっとした気分だった。僕はその機械と一緒に地球を一周したことがあったが、使い勝手が抜群によかったわけでもなく、結局その機械と分かちがたい精神的な結びつきを取り結ぶまでには至らなかったことがわかった。

書くための道具がなくなってしまったので、それからしばらくして、インド人がやっているナイロビ市内の中古家具屋で、手ごろなタイプライターを見つけて買った。いかにもイタリアの戦後ビューロクラシーを支えたというような雰囲気をもった重たい手動のオリヴェッティだった（“Democracy is cancerous, and bureaus are its cancer.”[4]──「民主主義は癌化するもので、役所こそがその癌だ」）。手動のタイプライターがブティックの飾りになるような日本ではとても想像できないことだが、ケニアでもブラジルでもメキシコでも、世界のかなり多くの場所では電気のサプライが不安定なので、電動でない機械のほうが実用性が高く、現役の道具として立派に生き続けているのだ。ナイロビでの日常生活はすべて英語で行なっていたから、書くための道具が英語のものに移行するのもごく自然な感じだった。僕はそれをアパートの食卓に置き、思いついたルーティーンを書き留めたり、気に入ったニュース記事を書き写したりしはじめた（バロウズを気取って……）。その後、このオリヴェッティは同じ箇所が何度も壊れるようになった。タイプライターというのはワープロやコンピューターとは違って、かなり強い力が物理的に加わるのでけっこう壊れるのだとわかった。そこで修理屋の紹介で、もっとずっと新しくてコンパクトな機種に買い替えたのだが、これは北欧語が書けるキーボードをもった奇妙なオランダ製のマシーンだった。

ところが、このマシーンは非常に使い勝手がよく、丈夫で安定していたため、タイプを打つのはどんどん速くなり、ある種の「タイプ飛び」を覚えるようになった。タイプライターは身体の力を使うので文章を書くのに肉体的な躍動感がともない、また、キーを打つリズムがいいと、均等に、美しく、速く書けるので（リズムが悪くてスピードに波があるとスタックしやすい）、うまく書けていることが肉体的な感覚としてフィードバックされてくるのだ。音がまた力強くていい。そのせいで、多少文章が攻撃的になることもあるかもしれない。また、書いたものがその場でそのまま印字されてくるというのも実に安心感があって実用的で（フロッピーの盗難を心配する必要もなく……）、作業終了時に次に備えて紙をセットしておく習慣をつければ一瞬の思いつきをいつでもすぐに書きはじめることができる（準備からない、立ち上がりを待つ必要がない）ため、文章を書き出すための精神的バリアが非常に低くていいような気がした。さあ書くぞ、という構えを作ることなく、言ってみれば朝食のトーストを口にくわえたまま、通りがかりにその日最初の一文を書いてしまうことができるのだ。

ああ、こういう機械だったんだな、こういう機械をもっている人たちだったんだな……う

4 ——— *Naked Lunch*, p. 121.「ふつうの男たち、女たち」のセクション。『裸のランチ』の初版は *The Naked Lunch* としてパリの Olympia Press から一九五九年に出ているが、以後とくに指定がない場合には、一九六二年に *Naked Lunch* としてアメリカ合衆国で最初に刊行した Grove Press の一九九〇年版から引用する。

らやましいなあ。

僕は大学の卒業論文をタイプライターで書いたことがあったし、英字新聞の記者として記事を書いたこともあったが、その当時はそのごく具体的な利便性（読みやすく印字できる）だけを利用していて、物書きの心のスピードの問題や、肉体性や心理の問題を考えることはなかった。

しかし、このようなスピードと肉体性を大切にする機械によって、二十世紀の英語の文学作品のかなりの部分は書かれてきたのだ。それはやはり、まるで古代エジプト人のように、素手でのろのろと象形文字を書きつけていくという作業とは、かなり隔たりがあるのではないだろうか？　その結果できあがる作品というのも、心構えからしてだいぶ違っているのではないだろうか？　少なくとも、徒歩とオートバイぐらい、でなくとも徒歩と自転車ぐらいは、ものの見えかた、とらえかたが違ってきて当然なのではないだろうか？　スピードというのは文章にとって非常に大切な問題だが、この機械がもたらすのはそれだけではない。それはまた、ヴァイオリン奏者とパーカッショニストぐらいの心理的な違いを生むのではあるまいか？　タイプライターとの再会を通じて、僕はそんなことを考えるようになった。

「作家に書くことができるものはたったひとつしかない――書く瞬間に自分の感覚の前にあるものだけだ」[5]……タンジェのメディナの薄暗い部屋で、猛烈な勢いでタイプライターを叩いて自分の感覚の前にあるものをやみくもに書き出しているウィリアム・S・バロウズ……。

この本はそのイメージから出発している。彼の世界に出たり入ったり散策するように、天気のいい日にタンジェの湾にヴェネチアン・スタイルでボートを漕ぎ出していくようなつもりで出発したいと思う。

まずは、書く道具という観点からバロウズの周辺をさまよってみたい。

代書人たち ――

ジャック・ケルアックがタイプライターに巻き紙のテレタイプ用紙をセットして、そこに『オン・ザ・ロード』を三週間で一気に書きあげたというのは、ビート文学の本を読むとかならず出てくるエピソードだ。その巻き紙を持って出版社をまわったりしたものだから、どこに行っても読んでもらえず、いつも突き返されて五年間出版されなかったというような話になっている。この話はやがて風聞と化して、「ケルアックはトイレットペーパーに原稿を書いた」というような伝説となったりし、それがどんな紙だったのかについては、二〇〇七年にこの巻き紙版《スクロール》が出版されるまで諸説があったが、トイレットペーパーでもテレタイプペーパーでも新聞用紙でもトレーシングペーパーでも話の本質は変わらない。要するに、紙を

5 ―― *Naked Lunch*, p. 200.「萎えた前書き」のセクション。

差し替える手間を省きたかったということだ。ケルアックは猛烈なスピードでタイプを打てたことで知られているが、彼ほどの高速タイピストでなくとも、タイプライターを少しでも本気で使ってみれば用紙の差し替えが非常にやっかいな問題になることをすぐに経験できる。

タイプライターで文章を書くときには、読みやすさや、あとからの書きこみの可能性などを考えて行間を空けたダブルスペースで打っていくのがふつうだから、一枚の紙など案外すぐに終わってしまうのだ（ケルアックはシングルスペースで打っていた）。書いている内容に集中すればするほど、紙の上に印字されていく文字を見ることはあっても、わざわざ視線を移動させて用紙の縁がどこまで行っているかなどを気にすることはなくなっていく。タイプライターではコンピューターのカーソルとは逆に、紙のほうが動いていくので文字が印字される位置は常に一定であり、視線を動かす必要がないのだ。そして、気づくともう紙の下端まで来ていて、改行しようとしても紙が空回りしだして、へたをすれば、それにすら気づかず延々とプラテン（ローラー）のゴムの上に虚しくタイプフェースを打ちつけていた、といったことが起こってくる。これはどんな物書きにとってもとりかえしのつかない大変な事故だ。今なら、書いている途中でコンピューターがフリーズしてしまってその日一日書いていたものが永遠に失われてしまうという事故があって、それほど傷が深くはならないのがタイプライターのいいところだろうが、いずれにしても、時の中に失われてしまった文章を復活させるのが至難の技であることに違いはない。というか、素晴らしい文を書いているときほど差し替えを忘れやすく、素晴らしい文であればあるほど再現はむずかしく、失われたものほど素晴らしく見えてくるのはいつものことだから、この喪失の恐怖感を克服するのは、書く意欲そのものにかかわってくる。しかも、タイプライターではこの種の事故の起こる可能性が一ページごとにあるからなおさらやっかいな問題だ。

「スポンテイニアス・プローズ」(「無作為的散文」と訳されているが、意識の中に浮上してくることばをそのままに筆記していくこと)というのを最大のテーマとしたケルアックのような人にとって、この紙の差し替え問題が特別に致命的であったことは容易に想像できる。「出てくるままに書く」を標榜しているだけに、ケルアックは基本的に推敲とか書き直しというのに否定的だった。それは彼にとって文章のもつスポンテイニアスな力を失わせるものだった。ジャズの演奏のように、書くことは一度かぎりのライヴ・パフォーマンスであって、再現性などあってはならなかった。再現できるように整頓されたものには生命がこもっていないと考えたのだ。作品は(原稿は)その一回かぎりの精神のライヴを記録したものであるべきだった(実際には、『オン・ザ・ロード』を彼は五年間のうちに何度も書き直しているが、最終ヴァージョンは結局、巻き紙の初稿にかなり近いものに回帰した)。

それだけに、書きとめたと思っていたことが紛失するという事態にまで至らなくとも、紙の差し替えによって意識の流れが中断されてしまい、書こうと思っていたことばを差し替えの間に忘れてしまう……そんなことが一ページごとに起こっていたら、「スポンテイニアス・プローズ」など到底成り立たない。ケルアックは巻き紙を使うというファンキーなアイディアによってその紛失・喪失の恐怖感を克服したのだ。

この点で、タイプライターというのは大変な不都合をかかえた道具だったわけであり、差し替えの手間がないというだけでも、タイプライターに取って代わったワード・プロセッサーのほうが優れていることはたしかだ。ただ、もとをただせば、手書きの数倍の速さを可能にする「書く機械」が高速な「出てくるままに書く」という作業を可能にしたことは疑いない。

それを考えると、タイプライターというローテクな機械が、二十世紀の文章書きの仕事に画期的な変化をもたらしたことは間違いないように思う。ケルアックのように、「意図」とか「躊躇」とか「熟慮」とかが介入してくる前に、思いつきを早書きによって書きとめていくことを旨とする作家は、常に高速で変化していく自分の意識を記録する道具としてタイプライターというアメリカ的発明品が存在しなければ、生まれることすらなかったのではないだろうか。その意味で、トルーマン・カポーティがケルアックを評したことばは暗示に富んでいる――「あれは書いているんじゃない。タイプしているだけだ」(“It is not writing. It is only typing.”[6])。

ウィリアム・S・バロウズの場合、ケルアックとは作品のスタイルも性質もずいぶんと違っているが、「書く瞬間に自分の感覚の前にあるもの」を書くという点では共通したものがあった。彼もまた、平板な論理的・理性的思考ではないものが自分の中に渦巻いていることを知っていて、それを書きとめることに意味を見出していたからだ。そして、常に走り去っていくその非理性的運動のスピードに追いつくためには絶対的にタイプライターを必要とした。バロウズはケルアックのような優れたタイピストではなかったようで、二本指でキーを打っていたというが、自分は自分の意識を訪れてくるものをただ記録しているだけだ、と公言していた。言ってみれば、彼こそ「タイプしているだけ」だったのだ。彼は自分の意識を記録するというよりも、どこかから自分の中に流れこんでくるメッセージを書き写している代書人（scribe）であるという意識をはっきりともっていた。その流れこみがなければ「単語ひとつ書くことができない」と彼は言っていたものだ。とくに『裸のランチ』前後の彼は、自分はどこかの宇宙人の命令を受けて送りこまれたエージェントであって、しかし、その宇宙人が何者なのかは自分にも解き明かされていない、というような「妄想」を抱いていた。その貴重なメッセージを逃さず聞き届け、書きとめることを使命とする「書く機械」になることを目指していた。[7] そのためには、高速ライティングを可能にするタイプライターが不可欠だった。

6――ノーマン・メイラーと一緒に出たテレビ番組で口にしたせりふなので、正確な言い回しについては諸説がある。ここではメイラーが記録したヴァージョン。Grobel, 2000, p. 32より。

高速ライティング――

日本語にはタイプライターに匹敵する道具がなかっただけに、タイプライターの利点については多少くどいほどに強調しておいていいと思う。タイプライターは何よりも、早く書くことを目的として生まれてきた機械だということだ。

「書く機械」に求められる機能とはおおよそ次のようなものだろう。

一　きれいに書く（清書用の道具）
二　手書きよりも速く書く
三　コピーが簡単に作成できる
四　見ないでも書ける

このなかで、筆記の現場における書き手にとって最も重要な機能は、速く書く、見ないで書ける、のふたつだろう。あとのふたつは、事後の事務的な作業を容易にするための機能にすぎない。

日本語の場合、個人的な筆記道具として使いものになるワード・プロセッサーが登場したのは一九八〇年代の半ばだったと思うが、そのころの話題のひとつとして、本当に手で書くよりも速いのか、というものがあった。日本語はなにしろ画数の多いことばだけに、きれいに書くにはひどく時間がかかる。だから、液晶画面が今のファックス機よりも小さかったごく初期の小型ワープロでも、キーボードの打てる人だったら手書きよりも確実に速かったと思うが、英文のタイプライターは、手書きよりも速いかどうかがもう百年前から問題にすらならなくなっている機械だった。

英文、あるいは欧文というのはいちいちの文字の画数は少ないので日本語よりもずっと早く書けそうな気がするものだが、単語内の文字数が多いことと、丸っこい似通った形の文字が非常に多く、しかも単語を分かち書きすることになっている（ペン先をいちいち紙から離さなければならない）といった事情から、速記でないふつうの書きかた（ロングハンド）で他人にも読める長文を書くのは案外やっかいなものだ。速く書こうとすると、たいがい他人にも自分にも読めないものになってしまうのだ。

7――デイヴィッド・クローネンバーグ監督の映画『裸のランチ』は、バロウズの同名作品の映画化というよりもむしろ、その作品成立の伝記的背景と作品とをないまぜにして扱った作品で、そこに出てくるタイプライター妄想はバロウズの作品には直接出てきていないが、クローネンバーグがバロウズにおけるタイプライターの重要性を彼自身の作家的体験から正しく理解していたことを思わせる。この映画は、バロウズの伝記と作品とをかなり知っているファンにとっては相当におもしろいのだが、それがまったくない人にとっては理解しづらく、意味が読めない映画かもしれない。

人に読める文章を速く書くための道具としてタイプライターが初めて発売されたのは一八七四年のことだ。銃の製造で有名なアメリカのレミントン・アンド・サンズ社が発明者ショールズらからパテントを買って製造したものだった。そして、広く市販されたこの最初のタイプライターのときから(というかその前、一八六八年にできたショールズのプロトタイプの時点からすでに)、手書きよりも速いことははっきりしていた。それが最大のテーマだったからだ。英語の場合、文字数は二十六しかないし、文字を変換するという作業もないから、速さのためにクリアしなければならない問題はひとつしかなかった——高速で打つ指の動きに機械が物理的についていくことができさえすればよかったのだ。そのために、連続して打たれることの多いキーを隣接させないという工夫がほどこされた。隣同士のキーを連続して打つと、どうしても二本のタイプバーが干渉してスタックしてしまうことが多くなる。そこで考案されたのがqwertyキーボードと呼ばれているキーの配列だ。これは現在のパソコンですらそっくりそのまま使われているキーの配列だ(最初の一列の文字が左からqwertyと並んでいる)。そして驚くべきことに、レミントン社の最初のタイプライターからすでにこの配列になっていたのだ。

実際、このレミントンは相当完成度の高いマシーンだったようで、以後百年ほどの間に、小型化とか電動化などさまざまな改良がなされたが、大きな革新と言えば、大文字と小文字の両方が使えるようになったこと(シフト・キーの導入——最初は大文字だけだった)と、文字が刻印されていく紙の表面を見ながら打てるようになったこと（最初は隠れたところで印字されていた）ぐらいだ。キーボード配列もいろいろ試されたが、結局残ったのは速さと安定性に優れたqwerty配列だった。

もう一方の、見ないでも書ける、という点に関してはどうだろうか。

職業的なタイピストの基本は、キーボードを見ずに打つことはもちろん、自分が文字を打ちつけている紙も見ずにタイプすることにある。職業的なタイピストの場合、誰か別の人が書いた文章を速く正確に清書することが求められる。そのため、目はあたえられた原稿を見ていなければならず、自分のしていることに目を注いでいては効率が上がらない。したがって、英文のタイプライターは、書いているものを見ないで書くことを前提に発展してきた。極端なことをいえば、英文タイプは盲目でも打てるのである。初期のモデルが書き手には見えない位置で印字していたことにもそれはあらわれている。

ここでくりかえし、「英文」といっているのは「欧文」と言い換えてもいいのだが、さまざまなヨーロッパ語のなかで英語がいちばんタイプライター向きの言語であることは疑いない。なぜなら、用いられる文字数がいちばん少なく、しかも、ここが決定的なところだが、アクセント記号の類を一切使わないで書けるからだ。また、標準となったqwertyキーボードが英語でのキーの使用頻度を考慮して作られたものであることも影響しているだろう。英語が結局いちばん速く書けるようになったのである。

このようにしてタイプライターはブラインド・タイピングする機械、見ないで書ける機械となった。そしてこれは、物書きの立場からすれば、「書く瞬間に自分の感覚の前にあるもの」にだけ意識＝視線を向けていればいいということだった。

そして、この点が日本語のライティング・マシーンと、天と地ほど、決定的に違うところだ。

日本語においてライティング・マシーンと呼べるものができたのはワープロが初めてだ。それ以前には、和文タイプという機械があったが、それは書くためのマシーンというよりは清書するためのマシーン、ないしは簡易印刷機であり、書くことそのものの助けにはまったくならないものだった。先にあげた四つの条件のうち、主に「一　きれいに書く」だけを満たしているものだったのだ。それは操作に熟練を要し、熟練のきわみにある技術者をもってしてもせいぜい慎重な手つきの手書きと同等程度のスピードが得られるだけであり、手書きのほうが速いのが当たり前だった。したがって、作家が和文タイプによって原稿を書くというようなことは万にひとつもありえなかった。日本語で書く作家が、機械によってスピードアップされた文章を書くチャンスをあたえられるには、ワープロの登場を待たなければならなかったのだ。それまでは、次善の策として、松本清張のように速記者を雇って口述するという方法をとるのがせいぜいだった。それはそれでひとつの方法だろうが、現にそこに生き物として存在している他者に向けて、誰にも語ることのできない個人的な秘密を語るという行為に付随するメンタルな障壁を乗り越えるのは、相当に高度な帝王学的素養がなければ困難な作業だろう。それはスピードという点では機械書きに匹敵するかもしれないが、精神の自由度においてはまったく別の体験であるような気がする――やったことがないのでわからないのだが。

それだけに日本語の筆記者にとってワード・プロセッサーの登場は画期的なことだった。英文のワード・プロセッサーは、紙の差し替え問題を別にすれば、清書マシーン、編集マシーンとしての性能が向上したぐらいのことでしかなかったが、日本語にとっては、歴史上初めて、画数から解放されるという事件だった。ネガティヴな考え方をもった人々は、ワープロによって日本語の文章の品質が落ちたとか、日本語が変わってしまったとか、漢字の筆記能力が低下したといったことを口にするが、それは当然のことだ。それを否定的にとらえるか肯定的にとらえるか、という問題があるだけで、ワープロの登場は筆記のスピードアップという点で、万葉仮名から平仮名への移行ぐらいの画期的な出来事だったのだ。書くスピードが変われば文章が変わってくるのは当然のことだ。それまで書くことのできなかった文、そんな文が存在することすら気づかずにいたような文、書いている間に指の間からこぼれてしまっていた文、書きとめる前に忘れてしまっていた文が書けるようになるのだから。

しかし、実際にはそれほどでもないのが日本語ライティング・マシーンの悲しいところだ。画数からは解放されたものの、同音異義語がきわめて多いという日本語の性質のため　正しい漢字への変換という作業をまだまだ避けて通れないからだ。

　変換のためにキーをひとつ余計に押さなければならないことや、変換候補の選択に時間がかかることだけが問題なのではない。職業的なタイピストに関していうならば、日本語のタイピストは原稿と自分の書いているものの両方を見ながらキーを打つしかないのである。変換を確認しなければならないので、日本語のライティング・マシーンではブラインド・タイピングはできないのだ。物書きの立場からすれば、変換の正しさを見届けなければならないことによって、事実上、文節ごとに文章の流れを停止せざるをえないところが最大の問題となる。自分の意識やイメージの世界に没頭していられないのである。ケルアックの例になぞらえていうならば、日本語の作家は文節ごとに紙の差し替えをしなければならないようなものだ。そして、指とスプリングの力だけで動くタイプライターとは違って、ことはハイテクの性能にかかわってくるだけに、タイプ用紙のかわりにテレタイプ紙を使うというようなローテクのエスケープ策はない（強いてあげるならば、一切変換せずに全部をまず平仮名で書いてしまうという方法があるだろう。この方法はその後の作業に厖大なエネルギーが必要になるが、これは一度試してみる価値があるかもしれない）。

　このようにライティング・マシーンには何語であっても「速書き支援機」と「清書マシーン」というふたつの重要な側面があるわけだが、とくに日本語の場合、パソコンの普及と高性能化にともなって、文書のプレゼンテーションをきれいにする清書マシーンの側面が強くなってきているようだ。縦書き支援、画像取り込み、作表機能などなど、文書美化の機能は次々に付加されていくが、より速く、より盲目で、という方向の高度化は一段落してしまったようだ。だとしたら、それは新しい日本語にとって果てしなく悲しいことだ。

速度が効率性の問題だけでなく中身までも規定してくる可能性を秘めていることについては次で述べるが、いわゆるしゃべり書き（たとえばブコウスキーのような「呟きスタイル」、ケルアックの「ぶっ飛びトーク」、チャンドラーの「タフ・トーク」、マヌエル・プイグ『リタ・ヘイワースの背信』の独白スタイル、カブレラ・インファンテ『三匹の悲しい虎』のMCトーク）というのが日本語でほとんど確立していないのには、こうした長年のライティング・マシーン不在が大きな原因としてあったものと思う。そのジャンルがいちばん栄えているのはやはり英語だろうが、文語的なことばを排して、口でしゃべるがごとく、話すようなことばを作品の中心に大胆に導入するというのが二十世紀のアメリカ合衆国文学の最大の特徴のひとつであり、現在の英語というのは、有能なマシーンを早期に手に入れたことによって作家たちがそのような口語的な文章を意図的に追求した結果、生まれ直した言語なのである。

ブライオン・ガイスンは一九六〇年ごろ、カットアップの方法論をバロウズに伝授するにあたって、モンタージュ技法の利用という点で文学は絵画に比べてまる五十年は遅れていると指摘したものだが、意識の流れや、耳に聞こえることばをなるべく忠実に文字にするという点で、日本語はまる百年遅れたといっても過言ではない。

一人称の発見——

思考の速度に極限まで接近してみよう、高速で生起していくスピーディな世界を記述してみよう、というのが二十世紀の英文の作家たちがタイプライターという道具を通じて自分に課したテーマだった。というか、タイプライターによってそのテーマが生まれたのである。フォークナーもタイプライターが好きだった。『サートリス』の原本となった『埃にまみれた旗』の原稿は、一九二七年にすでにタイプライターで書かれていた。彼は手書きで書いたものを自分で同じ日にタイプし直したりしながら作品を書き進めた。それをいくつもの異なった角度から究極的なレベルまで押し進めたのが、ジャック・ケルアック、ハンター・S・トンプソン、ウィリアム・S・バロウズ、チャールズ・ブコウスキーといった作家たちだったと僕は考えている。それがいずれもタイプライターが生まれ、いちはやく普及したアメリカ合衆国の作家たちであることはやはり偶然ではないだろう。タイプライターは一九一〇年代にアメリカでほぼ完成形を迎え、普及型の名機として名高い「コロナ」は四〇年代までほとんどモデルチェンジなしに作られ続けた。一九一四年生まれのバロウズはまさに、この「タイプライターの黄金時代」に立ち会い、その渦中で文章を書きはじめた人だった。彼は十四歳のときに『ある熊の自伝』と題する作品を書いたとされているが、これがすでにタイプライターで書かれていたのである。

また、「書くことのテクノロジー」というエッセーの中で、バロウズはクリエイティヴ・ライティングを教えるということに関連して、作家にとって役立つ資質を数え上げているが、そこでは「何時間も集中してタイプライターの前にすわり続ける能力」というのがいちばん最初に出てくるのが目につく。[8] 書くということとタイプライターで書くということが彼にとってはほぼ不可分の、同一のことだったのだ。「ロングハンドで書くのは大嫌い」だったので、一九五五年のタンジェで、食うものにこと欠いてついにタイプライターを売ってしまったことは、彼にとって「大惨事」だった。[9] 機械がないと、まったく書けなくなってしまったのだ。

タイプライターという機械は、こうした作家たちの要求に着実に応える一方、彼らに課題をあたえるという相互関係を築いた。それは彼らの文章の根幹を支える武器として機能したのだ。

しゃべるようにして書く、しゃべるようなスピードで書くというスタイルが一九四〇年代

8 —— *The Adding Machine*, p. 32.

9 —— *Letters*, 12/II/55. ケルアックあての手紙。

ごろのアメリカ合衆国で、タイプライターによって確立されたのではないか、という仮説が存在しうることはこうしておおよそ理解してもらえたと思う。しゃべるようなつもりで書くことが歴史上初めて可能になったのがそのころだったのだ。思考や意識をそのまま書いていくというのは相当に異常なことだし、実際にはスピード的にも内容的にもほぼ不可能だと思うが、しゃべるようなスピードで書くことならタイプライターにとって相当に容易だからだ。

しかし、これが意味するところは実は、スピードとか、口語性といったことだけではない。タイプライターの功績に関する仮説はさらにもう少し危険な領域にまで推し進めることもできるのだ。しゃべるように書くというのを、一人称で書くこと、と言い換えてみると、これが単にスタイル上の問題ではなく、書くという行為そのもの、世界と向き合う態度そのものの変質でありうることがはっきりするのではないだろうか。自分を世界の中心に据えること、自分を肯定すること、罪の意識からの解放……。そこまで考えるとこれはたいへんなことではあるまいか。

統計をとったわけではないが、印象として、一人称で語っていくスタイルの文学作品（別に「文学」作品に限る必要はないのだが）は、二十世紀の半ば以降、猛烈な勢いで増えているように思う。ここで一人称で語っていくスタイルとして僕が思い描いているのは、たとえば、レイモンド・チャンドラーだ。それからケルアックらを経て、ハンター・S・トンプソンらの「ニュー・ジャーナリズム」を担ったライヴ感覚の作家たちがいる。それ以降のミニマリスト的世界に関しては言うまでもないだろう。一人称の筆記は、タイプライターの登場と普及によって飛躍的に普及し、進化したのではなかったか。

「近代小説」というものが確立された十九世紀には、小説とは基本的に全知全能の語り手が三人称で語っていくものだったはずだ。フローベールは一人称では書かなかった。プルーストも一人称では書かなかった。ジョイスもやはり「私は……」と直接的に書きだす作家ではなかった。そこには文学的なジャンルの決まりごとや、時代的な制約や、個人的な志向などいろいろな要素がかかわっているのだろうが（アメリカ人とヨーロッパ人という違いもある）、書く道具との関係はなかったのか。フローベールはタイプライター以前の時代の作家だ。マーク・トウェインは印刷工として働いたことがあり、生涯を通じて筆記と印刷の機械に強い関心をもち続けた人だけに、一八七四年に、まっさきにレミントンの一号機を買いこんだことで知られる。彼はタイプライターを使った人類史上最初の作家となったのである。『ハックルベリー・フィンの冒険』はタイプ原稿が印刷所に持ちこまれた史上初の小説だった。ただし、この作品の際には、実際にはマーク・トウェインはロングハンドで書いた原稿をタイピストにタイプさせたという。しかし、彼も、手紙は最初から自分でタイプライターで書いた。マーク・トウェインはたしかに一人称の作品が多い作家だった。プルーストはコルク貼りの防音室で綿々と手書きで書いていく作家だった（口述もしていたらしい）。ジョイスも作品は基本的に手で書いていた。しかし、手紙（一人称）はタイプライターで書いたという……とすると、やはり関係がありそうだ。

「私」というのは(別に「僕」でも「俺」でもいいのだが)、機械が介在することによって書きやすくなるのではあるまいか……。しかも、英語の場合、Iという文字はタイプライターでいちばん書きやすい文字だと言える。そのキーは、右手の中指という一番力の入る指が担当しているわけで、何も考えずに本能的にパシッとを手を振り下ろしたときに書かれるのが「私」だったのである。このことにタイプで書きはじめた英語の作家たちはすぐに気がついたはずだ。手書きだったときにはとくに他の人称と区別される理由もなく特権化されることのなかった「私」が、心理的なことを別にしても、たしかにqwertyキーボードが介在することで英語の物書きにとっては物理的に急に書きやすくなったのだ。

バロウズのことを一人称を基本的なスタンスとして書いた作家だったと言うことはできないと思うが、彼が出したいちばん最初の本『ジャンキー』は一人称によるブルージーな語りとして書かれ、ケルアックを一人称に向かわせるきっかけを作ったものだったし、『裸のランチ』も、「捜査の手が迫ってきてるのがわかる」(“I can feel the heat closing in.”)という、おそらく彼の書いた文章の中でいちばん有名な一人称の文で始まっていた。また、中期の作品からは、三人称で書かれ始めた断章がいつのまにか、三人称で書かれていた登場人物による一人称の語りへと転じてしまうという手法が頻繁に使われるようになる。ただ、バロウズの場合、登場人物の一人称が作者の一人称と直接的に混同されることはなく、語りが作者の個人的な心情の吐露（と区別のつかないもの）へと流れていくということはないので、ケルアックのような「私主義」とは明らかに違い、むしろ、架空の語り手の一人称で語られるものだったピカレスクやメニッペアといった「近代小説」に先立つフィクションのジャンルの力を導入しようとしているところがある。また、チャンドラーが登場人物のフィリップ・マーロウに一人称で語らせるというのに近いものがある。ピカレスクと探偵小説フォーマットというのはバロウズが作品の枠組みとしてくりかえし意識的に利用したものだ。

2 —— マネー・マターズ（お金は大事）

ディスカウント・レート ——

バロウズはいったいどうやって生計をたててきたのだろうか、というのは僕がのぞき見趣味的に常々関心をもってきた問題だ。ウィリアム・S・バロウズといえば歴史的な大御所だし、たくさんの本が印刷され続けているし、たくさんの国で翻訳も出ている——日本のように、かなりマイナーなものまで翻訳されている国はさすがにめずらしいだろうが、主な本はブラジルでも出ているし、彼の作品の主流からはだいぶ外れた晩年の小品『内なる猫』（*The Cat Inside*, 1992）はトルコでも間を置かずに出版されたという。そのようなわけだから奇異な感じがすることだが、ウィリアム・S・バロウズは生涯を通じてカネに困り続けた人だった。これは意外に聞こえるかもしれないが、たしかにそうなのだ。実際、発禁になったり猥褻裁判になったり文学論争になったりと話題に事欠かなかった『裸のランチ』（またウィリアム・リーという筆名で出した最初の作品『ジャンキー』）はとりあえず別格として、以後の作品は、出来のよしあしや実験性の程度にかかわらず、どれをとっても大して売れはしなかった。彼は多いときでも、初版一万部程度しか本が作られることのない作家だった。七〇年代にマイナーな出版社から出したものなどは二千部だったりした。アーティスト稼業というのがめったなことではもうからないことを身をもって示した人だったのだ。

どれほどカネに困っていたか、それはたとえば、パリ時代から三十年近くにわたる親友であったブライオン・ガイスン（少なくとも六〇年代の十年間、ふたりは異様なほど強い絆で結ばれたコラボレーターだった）が一九八六年七月にパリで死んだとき、バロウズが意に反してその場に居合わせることができなかったことに痛々しいほどにあらわれている。[10] 肺癌に冒されて数か月の命と宣告されていたブライオンはある日、自分が数日中に死ぬことになるのを予感して、カンザス州ローレンスに住みついていたバロウズに知らせた――「今度の土曜に死ぬんだ……」。しかし、バロウズはすぐにパリに飛ばず、三週間先の予約をとった。まだ大丈夫だろうとたかをくくっていたこともあるが、すぐに出発できるノーマル・チケットを買うだけの余裕がなく、三週間前に予約を入れておくとディスカウント・レートが適用されたからだ。ところがブライオンは予告通り、その土曜日から日曜日にかけての夜のうち

10 ―― Morgan, 1991, pp. 608–609.

に心臓発作で死んでしまい、バロウズは「生涯でただひとり本当に尊敬した相手」[11]ともう一度会うチャンスを永遠に逸することになった。現実問題として、そのくらいの金は口座にあったのかもしれないし、人に頼めば借りられたことは確実だろうが、その程度の金額を惜しまなければならない境遇だったということだ。これは彼が生涯悔やむことになった出来事だが、功なり名とげ（上着のボタン穴にはアメリカ芸術文学アカデミー会員のバッジがあり……）、生涯の主要な作品をすでに書き終えていた七十二歳のバロウズの身に起こったことなのだ。

　また、そのとき彼が住んでいたローレンスの自宅は、彼が六十五歳を過ぎてから生まれて初めて自分の金で購入し所有した不動産だったが、それすら、販売価格が三万六〇〇〇ドル、毎月の返済が三〇〇ドルですむローンを組めたのでようやく購入できたものだった。一九八一年からローレンスに住むことにしたこと自体、生活費がニューヨークの半分以下ですむというのが大きかった。彼はここなら家を別にして月に三〇〇ドルで生活できると計算していた。それでも一九八二年には二〇〇ドルが必要なばかりに、銃器愛好家のバロウズが四五口径のコルトを質に入れたりしているのだ。この時期、ドルの為替レートは二二〇円から二七〇円ほどの間で変動していた。一九八〇年代半ばには僕のような無名の物書きですら、日当たりの悪い祐天寺の2DKのアパートに七万円の家賃を払っていたものだし（その前は一九八三年永福町の風呂なし三万八〇〇〇円だったが……）、十歳ほど年上のアメリカ人のともだちは、八二年の時点で、ミース・ファン・デル・ローエなどのおしゃれな家具の販売で知られるKnoll社のセールスウーマンとしての歩合給で、サンフランシスコ市内に家賃一〇〇〇ドルのヴィクトリアン・ハウスを借りていた。サンフランシスコから橋を渡った先に家を借りていたサウンド・エンジニアの友人は六五〇ドルの家賃を払っていて、「一〇〇〇ドル払ってるなんて彼女はやりてだな」と言ったりしていた……。そんな感じだからバロウズの不如意ぶりはやはり際立っているというべきだろう。そのころでも彼は、著書の印税だけでは生活が成り立たず、朗読会のギャラでかろうじて食いつなぐというのがいつものことだった。「金がなくなってきたから、そろそろまた朗読ツアーに出るか」……

時をさかのぼって一九六〇年代の彼は、『裸のランチ』の名声によって作家として暮らしはじめたところで、ブライオンやコンピューター技師のイアン・サマーヴィルとともにカットアップその他の実験に邁進する一方で、『サージェント・ペパーズ』のレコード・ジャケットに姿をあらわすような存在（それも画面の中央、マリリン・モンローの隣という特別な位置に）となっていたわけだが、ロンドン中心部に借りていたアパートの家賃が払えず、テレビ・コマーシャルの仕事で潤っていた映像作家のアントニー・バルチにしじゅう家賃を肩代わりしてもらっていた。また、『裸のランチ』の初版本をもっている人をつかまえては、

11 ——— *Last Words*, p. 53; Gysin, 1986, p. 8.

自分がそこにサインをすればプレミアムがつくからそれを売って儲けを山分けしないか、などと言ってまわっていたのも七〇年ごろのことだ。彼はそのころすでに、署名に値段がつく人間になっていたのだ。しかし、本人には金はなかった……

月二〇〇ドル――

それよりさらに前のことともなると、もう悲惨な話ばかりになる。一九五九年に『裸のランチ』が出版されたとき、バロウズはすでに四十五歳だったが、一九四〇年代後半、テキサスの農地で綿花や冬野菜やマリワナの栽培を業としていたとき以来（綿花以外はどれも結局うまくいかなかった）、彼は仕事と言えるようなことを何ひとつしていなかった。メキシコ時代にはメキシコの市民権をとって牧場でも経営してみようと考えたが、メキシコの官僚制の壁に嫌気がさしてあきらめた。その十年ほどの間に得ることのできた収入を強いてあげるならば、世話好きなギンズバーグがエージェントとして駆け回ったおかげで出版された『ジャンキー』（一九五三年刊）の印税があったが、それはなにしろ定価三五セントの本に二名の著者の作品を併録したものだった（相方は現役の麻薬取締官の手記だった）から、実際に印税が彼の手許に届くことがあったとしてもとるに足らない金額だった。当初の約束としては一〇〇〇ドルのアドバンス印税がもらえることになっていた。これは条件として悪くはなかった――同時期に出たケルアックの処女作『町と都会』も同じ条件だった――が、やがて、その第二部となる予定だった『クィア』（*Queer*, 1985）のできあがりを見てから払うというような条件にすり替えられていき、実際には二〇〇ドル、三〇〇ドルという小額に分割して二年がかりで支払われた。バロウズは結局、その全額を手にすることがなかったようだ（『ジャンキー』は出版から一年で十一万部売れたというが、『クィア』は結局、出版社がアクセプトしなかったので三十年以上出版されなかった）。悪知恵の働く彼のことだから、ヘロインやモルヒネ、あるいはマリワナなどの密輸・密売を企てたこともあっただろうし、実際にそれで小銭を手にすることもあったかもしれないが、彼自身がユーザーなのだから業として継続的に成功するはずはなかった。まともな仕事を探そうにも、もう四十過ぎなのだから、面接で職歴を聞かれれば――"What have you been doing for the last twenty years, Mr. Burroughs?"――答えることばがなかった。

ではアメリカの法を逃れて暮らしていたメキシコ時代、そしてメキシコの法を逃れてたどりついたタンジェで『裸のランチ』を書いていたころ、彼はいったいどうやって食っていたのか。単刀直入に言って、彼は両親から毎月二〇〇ドル送金してもらう約束になっていたのだ。[12] そのうえで、金に困ると世界各地から親に電報を打ってさらに送金してもらう、というのが彼の長年の生活スタイルだった。これはアメリカン・エキスプレスやウェスタン・ユニオンなど、社会の流動性の高さに対応して整備されていたアメリカ合衆国の金融機関のシステムによって、国内のみならず国外の遠隔地にまで手軽に送金することができたために初めて可能になった生活スタイルであり、その意味で、パックス・アメリカーナに支えられたいかにも「アメリカ的な」暮らし方だったと言える（縁もゆかりもない発展途上国に住み、銀行口座をもっていない相手に送金する――これは現在ですら日本の金融機関で行なおうとしたら相当にいやがられるし、不確かで困難なことだ。第一、送金先に支店がない）。この月々の送金は六〇年代に入って、彼が意を決して「もうちゃんとした作家なのだから……」と母親からの送金を断わるまで二十年以上続いたものだった。

当時の二〇〇ドルというのはどのような金額だったのだろうか。それは今の日本の感覚で考えると二万円程度、もらえればありがたいが生活費とはなりえない金額だ。反対に、当時、一九五〇年代の為替レートが一ドル三六〇円だったことを考えると七万二〇〇〇円ということになり、それを当時の日本の物価や給与の水準に照らしてみたりすればたいへんな高額ということになってしまう。

一九四〇年代、五〇年代のアメリカにとって、二〇〇ドルというのはいったいどのような金額だったのか。傍証としていくつかの本からお金の話を引いてみる。

たとえば、一九四〇年代半ば、ハリウッドのスタジオに雇われて映画の脚本を書いていたレイモンド・チャンドラーは、週給七五〇ドル（のちには週四〇〇〇ドル）を稼いでいた。これはさすがに大変な高給だったが、チャンドラーの経済的境遇はハリウッドの仕事によって劇的に好転したものだった。というのも、彼の最初の長篇『大いなる眠り』（一九三九年）は定価二五セントの廉価版が三十万部売れたが、その印税は一五〇〇ドルほどだった。ハードカバーも一万部以上売れたが印税は二〇〇〇ドル程度にしかならなかった。だから、ハリウッドの仕事を得る以前の数年間、チャンドラーの年収は平均二七五〇ドルほどだったという。パルプ雑誌に発表していたころ（三〇年代後半）は単語単位の原稿料（一単語あたり一セントないし五セント）を得ていて、年収はさらにずっと少なく、正真正銘の貧窮生活だったようだ。

また別の例。ニール・キャサディは一九五〇年、二人目の妻との離婚にともない、子供二人の養育費として毎月一〇〇ドル支払うよう裁判所の命令を受けた。彼はそのころ、売り出されたばかりのテープレコーダーを買いもとめて、ケルアックとともに、遊びとも実験ともつかない録音をしきりに行なっていたが（ニールは怪我のせいで親指が不自由で、筆記がおっくうだった——ケルアックは『オン・ザ・ロード』を書いていて、どちらも「しゃべるよ

12——バロウズは一九四二年に徴兵され、精神的に不適格として除隊になるまで、形式的には十年ほど陸軍に在籍していたため、メキシコ時代には復員軍人に対する復員兵援護法（通称GIビル）恩典を受けて、メキシコ・シティ・カレッジに無料で所属し、アメリカ合衆国政府から「教科書代」として月に七五ドルをもらっていた。したがって、親からの二〇〇ドルと合わせて合計二七五ドルが彼の毎月の予算だった。

うに書く」方法を探っていた）、そのテープレコーダーは新品で一五〇ドル、鉄道員の補欠要員として働きはじめていたニール・キャサディにとって「高くはない」買い物だった（頭金を六〇ドルほど払って、あとは分割払いにしたようだ）。

一九四〇年代半ば、バロウズがニューヨークで借りていて、じきにハーバート・ハンキーらのジャンキー窃盗グループの盗品保管所として使われるようになってしまった小さなアパートは家賃が月一五ドルだった。同じころ、バロウズの（のちの）妻ジョーンがケルアックのガールフレンド（やがて彼の最初の妻となるイーディ・パーカー）と一緒に借りていたコロンビア大学近くのアパート（四寝室）の家賃は四三ドルか四四ドルだった。彼女らは寄宿人を入れることで家賃をまかなっていた。車の運転が得意だったイーディ・パーカーは男手の足りなくなったブルックリンの米軍港で、フォークリフトなどの特殊車両の運転手として、時給八五セントで十時間のシフトについて働いていた。学歴の高くない彼女にとって、これは悪くない給金になった。一九四六年、バロウズがモルヒネの処方箋偽造でつかまったころ、彼は毎日九ドル分のモルヒネを必要とした。月額に直すと二七〇ドルで、これは明らかに二〇〇ドルの仕送りではまかなえない習慣だった。

一九五〇年代のアメリカ西海岸で一世を風靡した「アイクラー・ホームズ」という建て売り住宅業者は、二ベッドルームほどの瀟洒な新築住宅を八〇〇〇ドルから一万ドル程度で売っていた。「アイクラー・ホーム」は、品質がすぐれていてデザイン的にも斬新で洒落ているのに安価だったため、「アッパーミドル・クラス的な感性をもっているのだが、所得はローワーミドル・クラスぐらいしかない若い家族」によく売れたという。この時期のバロウズは年収二四〇〇ドルだから、四年分の仕送りで家が買える程度もらっていたのである。しかし、ここでもまた、「家よりも土地のほうが高い」（今の）日本と、「土地自体はただ同然」だったアメリカとの違いがあるので、単純に比較するわけにもいかない。

一九五一年、メキシコ・シティで妻ジョーンを誤って射殺してしまったとき、バロウズが支払った保釈金は約二三〇〇ドルだった。彼の弁護を担当し、敏腕ぶりを発揮してすばやく保釈を勝ち取った（殺人で保釈になるのはメキシコでも異例のことだった）ベルナベ・フラード弁護士に支払った弁護費用は二〇〇〇ドル、警察の鑑識担当官に有利な証言をしてもらうために払った賄賂が三〇〇ドルだった。これはもとよりバロウズの財布から払うには高すぎたので、いずれも両親からの新たな送金によってまかなわれた。

一九五七年五月、タンジェから帰ってきたジャック・ケルアックが母親と一緒に住むためにサンフランシスコ郊外バークレーに借りたアパートは、家賃が月五〇ドルだった。これは同じ年の九月に『オン・ザ・ロード』が出てスターダムに登りつめる直前で、大いに金に困っていたジャックにとって安いと感じられた金額だった。ニューヨークよりもサンフランシスコは家賃が安くて暮らしやすいとジャックは感じていた。その夏、ニューヨークに住む彼の恋人ジョイス・ジョンソンは執筆に専念するために出版社勤めをやめたのだが、首になったことにしてもらったおかげで失業給付を受給できた。これが週に三五ドルだった。

このように見てきても、やはり社会環境や不動産の価値の感覚がずいぶんと違い、また、当時のアメリカが現在の日本よりもずっと貧富の差が大きい社会だったということもあって、二〇〇ドルというのが自分の今の生活感覚としてどのぐらいの金額にあたるのか、いまひとつ判断しきれないのだが、仕送りとしてそれほど無謀に高い金額ではなく、貧乏な人の月収程度だったことが見えてくるのではないだろうか。つまり、「初任給が一万円（一九五〇年代初頭の日本の大卒初任給）のときの七万二〇〇〇円」というような金額でなかったことはたしかだろう。

この点に僕がこだわったのは、バロウズに関して根強く残っている神話として、「彼はバロウズ・コンピューターの創業者の御曹司だったから……」という見方があるからだ。お金持ちの息子で、エスタブリッシュメントの一員だったから、まともな仕事もせずに、犯罪も大目に見てもらえて、あんなモラトリアム的な生き方をまっとうできた、というようなとらえ方のことだ。とくに、メキシコでの妻殺しが報道されたときには、かならず「バロウズの御曹司」という見出しがついたものだったし、一九七五年になってからですら、彼がニューヨーク州の芸術文化基金から四〇〇〇ドルの奨励金を受けたとき、「遺産で食っているような作家にどうして公金の奨励金をあたえる必要があるのか」という趣旨の批判が出たほど、この神話は執拗に彼の生涯につきまとったものだったのだ。

若干の仕送りを長期的にもらい続けられる程度には裕福な家庭の出だったという点で、これはまったく的はずれというわけではないのかもしれないが、正鵠を射ているわけでないことはすでに明らかだろう。これに関してバロウズ自身はことあるごとに反論しており、その要旨としては、自分の親は決して金持ちではなかったし、自分が生まれ育ったセントルイスでは、バロウズ家は地元エリートでなかったどころか、肝心なところでは地元ワスプ上流階級から排斥されるよそ者だったということにつきる。その、のけ者感が自分を形作ることになった……近所の友達の親（ケルズ・エルヴィンズの父親）の言いぐさ、「あの子はもう連れてくるんじゃないぞ、羊を殺す犬の類だからな[13]」……それによって社会が自分を受け入れない抑圧的なものであるという強固なイメージができあがり、その抑圧から逃れるために厖大なエネルギーを使う生涯が始まることになった……というようなわけだ。

加算機 ――――

ウィリアム・S・バロウズは一九一四年、ミズーリ州セントルイスで生まれたが、彼の家

13 ―― Miles, 1992, p. 26; *Last Words*, p. 198. その他、*Wild Boys*, *Port of Saints*等の作品内で「あの子は羊を殺す犬みたいだ」という表現はくりかえし利用されている。

族は代々この地に根付いていた南部人ではなかった。彼の祖父に当たるウィリアム・シュワッド・バロウズ一世（一八五七―一八九八）はニューヨーク州に生まれ、高校を卒業して銀行員になった男だった。結核を患っていたバロウズ一世はニューヨークよりも温暖な土地を求めて南部セントルイスの地に若くして移住し、そこで銀行員の日々の帳簿計算を少しでも楽に、正確にする機械の開発に取り組んだ。その結果、いわゆる「バロウズ式加算機」を発明することになったのだが、彼の最大の功績は、加算機の機構そのものの発明ではなく、その機構を動かす動力を均一に伝達する油圧機構《ピストン》の導入にあった。つまり、複数の歯車の連動によって計算を実行する機械というのは当時、比較的一般的なアイディアとして存在したのだが、いずれも動力を手動のレバー操作に頼っていたため、レバーの引きかたによって計算結果にばらつきが出た。熟練したオペレーターが正しく引けば正しい値を得られたが、雑念が混じったり乱暴に引いたりするとエラーが出てしまうのだ。これでは使い物にならない。それを油圧ピストンによって解決することを思いついたのがバロウズ一世だった。彼はこのパテントを一八九三年に取得している。

バロウズ一世はセントルイスの出資者とともにアメリカン・アリスモミーター社を興し（一八八六年）、加算機の製造販売に取り組んだ。しかし、油圧ピストンのついていない最初の製品はまったくの失敗作で、返品が続出し、九一年、油圧機構を組み込んだふたつめの製品でようやく顧客を得ることができた。しかし、バロウズ一世は事業が軌道に乗るのをまたず、一八九七年には健康の悪化によって社を辞し、翌年には静養先のアラバマ州で結核で亡くなっている。享年四十三だった。

その後、アメリカン・アリスモミーター社は共同経営者のもとで一九〇四年、デトロイトに移転するとともにバロウズ・アディング・マシーン社と名前を変えた。バロウズ加算機はバロウズ一世が死んだころにはまだ千台ほど売れただけだったが、一九二〇年代には累計販売台数百万台を超え、バロウズ加算機社は文字通りアメリカ最大の加算機メーカーになっていた。製品も加算機から小切手発行機やチケット発券機、タイプライターなど事務機器全般へと広がり、第二次世界大戦中に軍事目的の製品に取り組んだことを経て、やがてコンピューターへと進んでいくことになる。そのため一九五〇年代には、時代がかった「加算機」という名称を社名から外して、バロウズ・コーポレーションと社名変更した。これが大型コンピューターで知られるバロウズ（日本での表記はバロース）・コンピューターの会社である。六〇年代、七〇年代のバロウズ・コーポレーションはＩＢＭに次ぐアメリカ第二位のコンピューター・メーカーだった。その後、一九八〇年代に入ってからバロウズ・コーポレーションは、銃器とタイプライターの開発会社として知られるレミントン社の後身と合併し、ユニシス・コーポレーションと名前を変えて現在も続いている。

この偉大なアメリカン・カンパニーがバロウズというすでに半世紀前に死んでいる創業者の苗字を社名にいただいていたばかりに、ウィリアム・Ｓ・バロウズ（二世）は常にその会社と結びつけて考えられ、大金持ちの御曹司というイメージで見られることになったのだ。しかし、バロウズ・コンピューターと少しでも関係があったのは前世紀末に死んだバロウズ一世だけであり、しかもバロウズ一世は創業者ではあっても出資者ではなく、金銭感覚のない技術者タイプの男だった。おまけに事業が拡大する前に死んでしまっている。そのため、一世の死後、バロウズ家とバロウズ加算機社との関係は、初期の株主だったということにとどまった（作家バロウズの父親モーティマーが若いころ一時、加算機社で働いていたことを別にして）。バロウズ自身は、彼の家族が会社から得た恩恵は父親が相続した若干の株式だけだったことをくりかえし強調している。

たとえば、バロウズ一世は会社をやめた時点で所持していた株式をかなり手放したため、遺産として子供たちに残したのは四八五株だったが、同時期に共同経営者は一万六三八〇株を所有していたという。しかも、そのころのアメリカン・アリスモミーター社はまだ大した会社ではなく、バロウズ一世自身も、加算機の販売ポテンシャルを全米の銀行の支店数に見合う八千台ほどと考えていたため、バロウズ一世の子供たちは相続した株式の大半をすぐに手放してしまったようだ。ただ、バロウズの父親だけは若干の株式を記念として手許に残しておいた。そして一九二九年、運良く恐慌直前の株高の時期に売った。それは二〇万ドルになった。これはたしかに大金だった。が同時に、この二〇万ドルをもってバロウズ社とバロウズ家との関係は完全に切れることにもなったのである。

バロウズの父親はこの資金を元手に、大不況の時代のさなかにいくつかの会社の経営を試みるのだが、いずれもうまくいかず（息子バロウズの言い方では、「このカネで大不況の時代を食いつないだ」）、結局、妻とともにセントルイスで、「コブルストーン　ガーデンズ」というギフト雑貨の店を細々と経営して生計を支えることに落ち着いた。[14] その後、ふたりが老後を過ごす土地として選んだフロリダでもこの商売は続けられたが、最終的に一九七〇年、未亡人となって痴呆症で老人ホームに入っていた母親が死んだとき、バロウズが受け取った遺産は一万ドルだったという。

つまり、バロウズの生まれ育った家というのは、けっして貧乏ではなかったが、資産に頼って悠々と暮らしているというような境遇でもけっしてなく、一九三〇年代に一時羽振りのいい時期があったにせよ（ちょうどその時期にバロウズの兄で長男のモーティマーはプリンストンに、バロウズ自身はハーヴァードに学び、その後ウィーンに遊学している）、本ものの金持ち相手に贅沢品を扱う小ぶりな商売をこつこつと営んで生計を立てている、ごくふつうの中産階級の家だったのだ。

一九五二年に彼の両親が移り住んだパームビーチはフロリダ半島の東岸にある町だが、裕

14 ――ちなみにバロウズの母親はこの時期に、Burroughs, Laura Lee: *Flower Arranging, A Fascinating Hobby* (Atlan a, Coca-Cola Co., 1941) という「アメリカ式生け花」のキッチュな本を出版している。

福な年金生活者の保養地として知られるフロリダ州の中でも最も暮らし向きのいい人たちが住むところで、ケネディとかドッジとかケロッグとかロックフェラーといった富豪が本宅を構えているところでもあった。そのような町のメイン・ストリートに、グッチやカルティエといったブティックと軒を並べて、アンティークの家具やギフト雑貨を売る小売店「コブルストーン・ガーデンズ」を一から構え直してなりわいとした老親にとって、次男ウィリアムあてに毎月二〇〇ドル（それに加えて、折々の旅費や中毒治療費など）を送金するというのは、そんなに楽なことではなかったとも考えられる。それは家計に響くというほどではなくとも、貯蓄が少しずつ目減りしていく、というような金額だったのかもしれない。二〇〇ドルというのはそのバランスの中から出てきた金額だったはずだ。この町で祖父母に育てられたバロウズの息子ビリーは、祖父母が顧客を店の戸口までいそいそと迎えに出る様子を印象深く記憶にとどめている。

中産階級の体面――

義務感がつよく常識的な兄モーティマー、それに対して、才気走っているが社会的に無能な弟……、絵に描いたような兄弟の弟のほうであるバロウズに対して、両親は（おそらくとくに母親は）「この子にはやはり何かある」というような特別の感覚をもっていたのではないかと思う。大学を出たときから四十代半ばになるまで、トラブルばかり起こす放蕩息子に律儀に送金を続けるには、そのような特別な愛着を考えざるをえない。

彼の母ローラ・リー・バロウズには、多少はサイキックの傾向があったか、でなくとも、少なくともそのような神秘的な能力に対する理解があった。彼女自身、予知の夢を見ることがあったといい、孫のビリーが幼少のころ、「人はどうして僕の予知した通りのことをするの?」と質問したのに対して、「それはたいへんなギフト(天賦の能力)なのよ」と答えるセンスの持ち主だった。

またギンズバーグは、一九五四年に、メキシコ旅行の帰りにパームビーチのバロウズ家をひとりで訪ねたときの両親の印象を記憶にとどめて後年、語り伝えている。不品行な息子の友人として扱われることを覚悟して、ギンズバーグは警戒気味に立ち寄ったのだが、ローラとモーティマー夫妻は初めての訪問客を温かく迎えて泊めてくれただけでなく、話をしていると、バロウズのひねくれたブラック・ユーモアのセンスを両親が忌避しているわけではなく、むしろ息子の面白い資質のひとつとして理解を示していることに驚いた。友人たちの間でバロウズの傑出した部分として評価されていた曲がった感覚を、両親も同じように高く評価していたというのだ。[15]

15 —— Ginsberg and Skerl, 1986, p. 275.

むろんそのような愛着に後押しされていた毎月の二〇〇ドルの背後には、「麻薬を買う金欲しさに盗みを働いたりするようなことだけはしてほしくない」というような、しごくまっとうな中産階級的願いもまたこめられていたことだろう。

バロウズの両親が彼のドラッグ使用を初めて知ったのは一九四六年、三十二歳の彼がニューヨークで処方箋偽造で逮捕されたときのことだ。そのころ彼は地下鉄で酔っぱらいを標的にしたスリを働いたりしていたわけだから、すでにその時点から両親の願いは裏切られていたのだ。しかし、その後も「ドラッグはもうやめる」という約束を破り続けたばかりか、つまらない違法行為で逮捕され続け、そのあげく酒の上の悪ふざけで妻を射殺してしまい、それでもさらに遠い異邦に遊び暮らした息子に対して律義に送金し続けるのには、やはり常軌を逸した感覚が必要だったはずだ。それがなければ……バロウズという作家が生まれなかった可能性は大いにある。

しかし、その一方で、彼らにはそのような中産階級の体面を傷つける息子が地元に帰ってきて暮らすのを望まない面があったこともたしかだろう。悪い噂が伝わってこないような遠くで勝手に暮らしておいてもらうための送金でもあったのだ。

両親がフロリダへの移住を決めたのは一九五二年、つまりバロウズがメキシコで妻を射殺してしまった翌年のことだ。その決心の背後には、六十代半ばになった両親にとってセントルイスの冬が寒く感じられるようになったという表向きの理由だけでなく、アメリカ国内でも息子の妻殺しが大きく報じられて（「バロウズ御曹司、ウィリアム・テルごっこを否定」……）[16] 地元で暮らしにくくなったことがあると考えるのが自然だろう。しかも、ただ引退しにいくのではなく、これまでの商売をたたんで新しい町でまた一から商売を築きなおすわけだから、これはけっして典型的な六十代的決断とはいえないものだったはずだ。

事件の前に初稿を書きあげていた『ジャンキー』の出版が決まったのはちょうどそのころのことだが、バロウズは週一回、逃亡していないことを証明するために刑務所に出頭する保釈中の身で原稿に加筆訂正をしながら、その続篇となるべき『クィア』を書いていた。そして、自分がこの作品の筆者であることが親に知られないように（これ以上迷惑をかけたくない……だったのか、知れて送金を止められないように……だったか）、ウィリアム・リーという筆名を使うことを選んだ。リーというのは彼の母親の旧姓だったから大した匿名性はなかったが、両親は結局この本に気づくことはなかったようだ。

ところが、一九五九年に『裸のランチ』が出版されたときには、この本とビートニクを皮肉る記事が『ライフ』誌に載った。そこでは『裸のランチ』は麻薬中毒者による怪物的な本という扱いだった。これはさすがに母親の目にも止まり、彼女は「迷惑するからもうパームビーチには来ないでほしい、でなければもう仕送りはやめる」とまで書いた手紙を送った。[17]

16 —— *New York Daily News,* 一九五一年九月八日付ほか。

バロウズは「ついに彼女までありふれた母親の圧政を始めた」と意外に感じて腹を立てたが、言われた通りパームビーチにはそれきり行かず、仕送りをもらい続けた。

バロウズの二〇〇ドルはこのように、経済的にも心理的にも、かなり複雑な関係と経緯の中で維持され続けた金額だった。

だから、一九四〇年代後半、バロウズが数千ドルの売り上げになると見込んでテキサスの畑でマリワナを栽培収穫し、大変なリスクを犯してニューヨークまで運んだものの、雄株雌株の区別も知らない、素人仕事だったため、大損に終わったことなどを経て、ニューオーリンズの対岸にあたるルイジアナ州アルジェズに移り住んだときも、その町で今度はヘロイン所持でつかまり、懲役二年の有罪判決が下りそうだというので公判待ちの間に国外脱出することにしたときも、また、逃げた先のメキシコで「犯罪的過誤」に問われ、やはり判決待ちの保釈中に逃げ出す先を探したときも、行き先の選択の規準は、個人的な自由の幅が広いところである、ということもさることながら、物価が安くて二〇〇ドルで暮らせる場所であるということが絶対的な条件だったのである。

17 —— Morgan, 1991, p. 320.

3 —— 旅の途上にて

ニールとジャックの旅 ——

バロウズは旅というものに関していつもきわめて具体的な目的を想定していた。そのことは彼がニール・キャサディとジャックらの「無目的」な旅（『オン・ザ・ロード』で描かれた度重なる大陸横断旅行）に批判的だったことに端的に見てとれる。

ニールとジャックの一行は一九四九年、ルイジアナ州アルジェズに住んでいたバロウズの家に旅の途中で立ち寄った。それは、ニューヨークからサンフランシスコに向かう「途中」でのことだったが、地図を一瞥してわかるように、ルートを大幅に逸脱した寄り道だった。そのときの印象をバロウズはアレン・ギンズバーグにあてて、苛立たしげにこう書き送っている——

彼らのこの旅はまったく衝動的で無目的であるという点でマヤ人の民族大移動をすら凌駕している。〔中略〕どうやらこの彼らの旅の「目的」は、その無目的性を象徴的に表現することにあるらしい。〔中略〕むろんニールがこの純粋に抽象的で無意味な移動へと向かう旅の魂である。(30/I/49)

このように翻訳してみると、いきなり本質を鷲づかみにしていて肯定的にすら受け取れるような言い方だが、バロウズはかなり憤慨して書いていた。

なにしろその旅は、ジャック・ケルアックを数日間ばかりサンフランシスコに滞在させるためだけに行なわれたものだったから、バロウズはいわばそのコスト・パファーマンスの悪さに強い不快感を覚えたのだった。また、彼はジャックのことは好きで親しかったが、ニールとはあまりつながりがなかったため、決して衝動的な人物ではないジャックが、常に兄貴分的な人物を必要とする性格的な弱さから、ニールに引きずられて無駄にエネルギーを使わされていると感じたようだ。

しかも、一行には金がなかった。ニールは奥さんが家を買うために貯めていた金を頭金に流用して新車のパッカードを買ってこの旅に乗り出したのだったが、扱いがあまりにも荒いので車にはすでにずいぶんとガタが来てしまっていたうえ、ルイジアナまで来た時点ですでにガソリン代にも事欠くありさまだった。だから、バロウズのところに立ち寄ったのは資金的な援助をあてにしてのことでもあった。

すでに見たようにバロウズにはいつでも金はなかったし、このころにはふたたびヘロインを常用していたから、人にあげられるような金はなおさらなかった。金を引き出せそうもないことがはっきりしてくるとニールの態度が急に変わったみたいに見え、バロウズはなおさらニールに対して嫌悪感を抱いた。バロウズは男の友人との関係においてきわめてデリケートな感覚の持ち主だったから、ニールのこのダイレクトさがいかにもがさつに感じられた。ケルアックは逆にその単刀直入でワイルドなところに魅了されたのだっただろう。バロウズは金に関して生涯けっこう細かかったうえ（たとえば、メキシコ時代の末期、訪ねてきたケルアックが自分の食費すら払おうとしないことに腹を立てている）、当時はビリーが生まれたばかりで「家族を養う」というような責任感も多少はあったから、妻子を放り出してやってきたニールの「無目的な」、快楽的な奔放さとは相容れなかったのだ。

あとから見れば、ニール・キャサディもやはり彼なりに「自由のパトロール」をやっていたのだから、「まったく無目的」というバロウズの批判がまったく正当だったとは言えないが、旅というものに関する考え方がバロウズと彼らの間では大きく異なっていたことはたしかだ。

ニールはその後、鉄道員という仕事を得てずっと定住的な生活を送るようになるが、それと反比例するようにして五〇年代のケルアックは本当にしじゅう旅をして暮らすようになる。ふらりとメキシコに行ったかと思うとあっという間に東海岸の母親の家に舞いもどったり、カリフォルニアのキャサディ夫妻の家に居候したり、ひと冬、山にこもったり、ニューヨークやバークリーをうろついたり、いったいいつどこに住んでいるのかわからない。しかも、その移動の根拠はきわめて情緒的というか抽象的なものだ。なぜそこに行くのかという具体的な目的が全然はっきりしない。ケルアックの場合、いつでも今いるこの場にいたくないという感覚があり、移動して目的地に着けばすぐにそこもまたいやになってしまうことの連続で、旅そのもの、移動そのもの、どこにも属していないこと、何にもコミットしていないことに対する嗜好が強かったのだ。

バロウズの旅――

このふたりと比較した場合、バロウズの旅はずっと具体的な根拠をもったものであり、移動そのものに対する嗜好やあこがれのようなものはほとんど見られない。彼にとって旅で重要なのは、その過程ではなく目的地であり、その目的地で何かを手に入れたいがために彼は旅をするばかりだった。その態度は彼がのちに書く作品にも如実に反映されることになる。彼の作品はほとんど例外なく旅や移動を取り扱い、それが重要なモチーフであることは確かだが、そこにおいて移動の手段や旅の過程が描かれることはめったにない。旅に関する情緒的な理由づけや、旅の快楽のようなものがとりざたされることはけっしてなく、登場人物がまるで時空の中を魔術的にトランスポートされたかのようにプロセス抜きで描かれるのだ。それは徹底していて、『ジャンキー』から『裸のランチ』を経て『赤夜の六都市』三部作まで一貫している。

たとえば『ジャンキー』は、ニューヨークからテキサスを経てニューオーリンズへ、そしてメキシコ・シティへと、『オン・ザ・ロード』ほどではなくとも相当に距離を移動していく物語だが、旅はこんな描かれた方をする――。「ビル・ゲインズはレクシントンへと出発し、私は車でテキサスに向かった」、「私は車を車庫屋に預けて、レクシントン行きの列車に乗った」、「ようやくのこと私はテキサスに着き、四か月ほどジャンクなしで過ごした。それからニューオーリンズに行った」、「数日後、私はニューオーリンズを離れて、リオ・グランデ・ヴァリーに行った」、「メキシコ・シティに着くなり、私はジャンクを探しはじめた」。まったく、これだけのことだ。味も素っ気もない。[18] ここでは人は、旅をするために旅をしているのではなく、なんらかの理由で出ていく必要があるから仕方なく旅をしているのだ。

それがバロウズ自身の旅だった。そして旅は基本的には逃亡だった。

ニューヨークからテキサスへの移住（一九四七年）はすでに述べたように、ニューヨークでのモルヒネ処方箋偽造による裁判の結果（有罪だったが、刑は「親もとにしばらく帰りなさい」というような穏やかなものだった）、ニューヨークでは「面が割れてしまって」暮らしにくくなったし、これを機会にドラッグ・コネクションのない田舎で依存症を治そうというような動機にもとづいたものだった。ちょうどそのころ、中学校以来の友人ケルズ・エルヴィンズがテキサスで農地を買って農業を始めようとしていた。頭がよくてスマートで、いい家の出身であるケルズのことは親も知っていたから、共同で事業として農業を始めると言えば、親に家と農地の購入資金を出してもらいやすかった。だからテキサスが選ばれたのだった。ケルズとの関係については、また先で詳しく触れることにする。

テキサスからルイジアナへの移住（一九四八年）に際しても法との確執がからんだ。酔っぱらってハイウェイ脇に止めた車内で妻ジョーンとセックスしているところをパトロール中の警官に見つかり、「公的な場所での不謹慎な行為」として訴追されたのだ（罰金刑）。それでテキサスにもいづらくなり、農地の管理はケルズにまかせて、ニューオーリンズに移った。

ニューオーリンズからメキシコへの移住（一九四九年）には、さらに差し迫った具体的な根拠があった。ニューオーリンズはヘロインが簡単に入手できるところだった。売人がひとり逮捕されれば新しい売人がふたりあらわれてその穴を埋めるようなところだった。そこでバロウズはふたたび濃厚な依存症になってしまう。そして、薬物所持で逮捕。今度の罪状では実刑（懲役二年から五年）の可能性があった。ルイジアナ州では麻薬取締熱が高まっていて、薬物常用者は常用者であるというだけの理由で逮捕できるとする法律が州議会で成立したところだった。つまり、人は現物を所持していなくとも、袖をまくって注射針の跡があるというだけでつかまったのだ。バロウズのケースは令状なしでの家宅捜索など不法な手続きがあったものの、実際に家に隠してあったヘロインとマリワナが見つかっていただけに不利な状況だった。そこで彼は公判が開かれるのを待たず、ルイジアナに移ったころからすでに考えていたメキシコ行きを実行に移した。南へ、国境の南へ、メキシコへ、という、西部劇時代からの古典的な逃亡だった。ケルズと一緒にテキサス州の最南端ファーに住んでいた時期にバロウズは、十マイルほど車を走らせれば行ける国境の南側のメキシコの町レイノーサに頻繁に遊びに行っていたことがわかっている。そこにはライオンを飼っていたりする立派な飲み屋があり、かなり好き勝手なことができるので、彼は相当にメキシコが気に入ったよ

18——バロウズは『裸のランチ』の最後でこう説明している（「萎えた前書き」）——「人物をひとつの場所から別の場所に移動させるだけのためにどうしてこんなに紙が無駄使いされているのか？　突然の空間的移動のストレスに読者をさらさずに、おとなしくさせておくためなのか？　だから切符を買ったり、タクシーを呼んだり、飛行機に乗りこんだりするところが描き出されるわけだ。〔中略〕しかし私がわざわざアメリカン・エキスプレスのまねごとをしてやる必要もあるまい……私の人物のひとりが一般人の服装をしてニューヨークを歩いていたかと思うと、次の文ではティンブクトゥーにいて、ガゼルのような目をした坊やに甘いせりふを聞かせたりしているとする。そうしたら、その人物はごくふつうの方法によってそこまで移動したものと考えてもらえればいいのである……。」*Naked Lunch*, pp. 197–198.

うだ。これがバロウズとメキシコの最初の遭遇だったのである。

このように彼の旅はいずれも、はっきりと法からの、あるいは、法が含意するモラルからの逃亡という性格のものだった。自分にとって、より自由度の広い場所へと移動すること、それが旅の目的だった。だから彼は事前に偵察したり、情報を集めたりして、目的が確実にかなえられるよう万全を期した。メキシコに移り住む際にも、一度ひとりでメキシコ・シティまで短期の偵察に行き、アパートを借りる手はずまで整えてから妻と子供たちを迎えにもどっている。そこでは未知の土地に対するあこがれのようなものはほとんど出てこないし、宙吊りの旅の途上《オン・ザ・ロード》状態に快楽を見出す感覚もない。バロウズの旅においては、いつでももっとずっとプラグマティックに、具体的な目的が追求されていたのだ。

第II部

リオ・ブラーボの南

4——メキシコ・シティ

理想の場所——

バロウズはメキシコが好きだった。メキシコ・シティでの最初の一年ほどは、熱烈な調子でメキシコを褒めちぎる手紙を何通も友人たちに書き送るほど気に入っていた（10/III/50ほか）。誰も他人の個人的な嗜好に干渉しようとはしないし、警官もいばりちらしたりしないし、ヘロインも比較的容易に手に入って、しかも迫害されない。そのような理想的な場所のように思われた。だから彼はそこに一九四九年十月から五二年十二月までのまる三年間、久しぶりに一か所に腰を落ち着けて住むことになった。ところが、滞在が一年を超えたころから、別の場所に（「もっと南に」）移動することを口にするようになった。

それまでに彼は、メキシコ・シティに家を買ったり田舎に土地を買って牧場を営んだりすることを本気で考えて、そのために弁護士を雇って市民権取得の手続きまで始めていた。市民権がなければ身分が不安定で、いつ出国を強制されるかわからないので、不動産を取得する前にその問題を解決しておきたかったのだ。この手続きのために彼は一〇〇〇ドル以上を使ったが、手続き開始からほぼ一年たった五一年一月、くりかえし賄賂を要求されるなど、官僚制度にあまりにも問題が多いのでついに市民権取得を断念するにいたった。メキシコはアメリカ合衆国人に来てほしくないらしい、ならばもっと歓迎してくれる国に移ったほうがいい（1/I/51）、そのようなことを彼は考えはじめた。

メキシコに暮らして一年半ほどで移動を本気で考えはじめた理由は、他にもいくつか考えられる——

一　モルヒネやヘロインが簡単に手に入るので常習から脱出できない
二　友人がいない。知的な刺激がない。知的な刺激をあたえてくれる友人がいない
三　妻子のもたらす制約に疲れてきた
四　好きになったボーイフレンドが煮え切らない態度を取り続けていた

そのような事情で彼が最初に考えた行き先はパナマとエクアドールだった。この時期に彼が候補として名前を出している国にはこの二国にくわえてブラジルとコスタリカがある。メキシコを引き払ってさらに南の国に移ろうという考えは、一九五一年の五月に出入国管理局

から（おそらくツーリスト・カードの期限切れを理由に）逮捕されそうになり、二〇〇ドルの賄賂を払わされるという事件によって決定的になった。[19]

『クィア』の中で語られることになる最初のパナマ・エクアドール旅行はこのような経緯で五一年の七月初めから九月初めにかけて行なわれた。この旅については次の章で詳しく述べるが、少なくともその着想の時点では、メキシコを引き払ったあとの行き先探しという大きな目的があった。『クィア』で語られているかぎりにおいてはそのような目的はほとんどうかがえず、ボーイフレンドとふたりだけの時間をもつことと、アマゾン地域で先住民が使用している幻覚性植物ヤヘを探すことが主要な動機だったように書かれているが、バロウズ自身、妻ジョーンには住む場所を見つけてくるつもりであることを伝えている。[20]

しかし、この旅はどの側面においても失敗だった。住みたい場所は見つけられなかったし、ヤヘを入手することもできなかったし、ボーイフレンドとの関係も事実上破綻してしまって終わったのである。

事件――

そのような二か月の旅を終えてメキシコ・シティに帰ってきた直後に事件は起こった。バロウズのメキシコ・シティでの生活については『ジャンキー』の後半と『クィア』の前半にほぼそのまま書いてあると考えていいようだが、故意に書かれていないことの最たるものがこの事件、すなわち妻ジョーンの殺害だ。『ジャンキー』では「妻とは離別した」と書かれている。別の文脈になるが、『裸のランチ』には「一年後、彼女は死んだと聞いた」という不可解な一文がある。事件は今述べたような、鬱屈した精神環境のなかで起こった。有名な事件だからくわしく述べる必要はないだろうが、一応書いておかないわけにはいかない。真相は闇の中だが、一般的に流通しているヴァージョンを以下に記す。

いずれの目的も満足させられずに終わったエクアドール旅行から帰着した数日後にあたる一九五一年九月六日、バロウズは金に困って、もっていた拳銃をひとつ手放すことにした。行きつけの外人バーのオーナーが買い手を見つけてくれたので、午後六時ごろ、バロウズと

19 —— メキシコでのこの滞在資格事件は『クィア』の序文でも触れられているものだが、その年月については異論があり、Morgan, 1991, p. 180では一九五〇年のクリスマス直前のこととされている。特定を厄介にしているのは、この事件をギンズバーグとケルアックに伝えるバロウズの手紙が二通とも、日付不明のものだからである（*Letters*, pp. 88–93）。バロウズはほとんどの手紙にかなり几帳面に日付を記しているから、この二通における欠落は奇妙なものである。彼の内心の狼狽をあらわしているのかもしれない。しかし、友人との諍いについての記述からして、二通とも五一年の五月五日以降のものであることは確実だと思われる。*Letters* の編者もそのように配置している。

20 —— Morgan, 1991, p. 188に引用されているジョーンからギンズバーグにあてた手紙による。

ジョーンは子供たちを近所の人に預けて、売る予定の三八口径自動式拳銃を鞄に入れてそのオーナーのアパートに出かけていった。アメリカ人の友人がふたり、取り引きに立ち会うようなかたちでそこに来ていた。買い手があらわれるのを待つ間に彼らは酒を飲み始めてパーティのようなことになった。ヘロインを常習していないときのバロウズは酒を大量に飲む人だった。ジョーンはニューヨーク時代から鼻炎用インヘーラーを使ってベンゼドリン（覚醒剤）を常用していたが、メキシコではそれが手に入らないので、やはり朝から晩まで酒を飲んでいるような状態だった。全員がかなり酔ってきた段階で突然、バロウズが「そろそろウィリアム・テルごっこの時間だな」（"It's about time for our William Tell act."）とジョーンに言った。ジョーンはそれを聞くと笑って、手に持っていたグラスを頭に乗せた。バロウズはグラスに狙いをつけて発砲した。弾は逸れ、ジョーンの額に命中した。グラスは割れないまま床に転がった。銃の買い手は結局あらわれなかった。バロウズは自他ともに認める射撃の名手だったが、それまで「ウィリアム・テルごっこ」というようなことをしたことはなかったという。

この事件はヘロインやドラッグが原因となったものではなく、純然たる酒のもたらした逸脱だった。バロウズはヘロインを断つことを目的のひとつとして出かけていった旅行から帰ってきたばかりの、完全にクリーンな状態にあった。そして、みんなでウォッカを何本もがぶ飲みしていたのだ。

要するに酔っぱらっておかしな遊びを始めて、手もとが狂ってしまった、というのがごくまっとうな解釈だろうが、参考までに事件についてのコメントをいくつかあげておく。『クィア』の序文（一九八五年に書かれたもの）にあるバロウズ自身の説明――その日は朝から異様な精神状態にあり、何かにつけて猛烈に悲しくなって涙が流れてしかたがなかったという。それが「醜い霊《スピリット》」の警告だったのだが、それを聞き届けることをしなかったために事件が起こってしまった……。

事件の二週間前（バロウズの旅行中）にルーシャン・カーとともにメキシコを訪れてジョーンと一緒に国内を旅行していたギンズバーグによれば、ジョーンは相当に乱れた精神状態にあり、ある種の自殺願望が感じられたという。だから、その瞬間、彼女が頭を動かした可能性がなくはないのではないか……。

あるいはまた、これはずっとあとの、伝聞の伝聞ということになるが、ポール・ボウルズはブライオン・ガイスンから聞いた話としてこう語っている――五〇年代末に親しくなったブライオンがバロウズに、「本当に確信をもって殺す気はなかったと断言できるか」と聞いた。するとバロウズは「そうだな、確信をもって言うことはできないな」と答えたという……。

脱出——

作品の中にもお気に入りのキャラクターとして登場するベルナベ・フラード弁護士の手腕によって、事件は「犯罪的な過誤」として処理されることになったため、バロウズは十三日間という記録的な短期間の拘留だけで、保釈金を払って釈放された。ウィリアム・テルごっこではなく、銃の暴発による事故というストーリーを押し通したのだ。その後、一年以上、彼は公判を待ちながらメキシコにひとりで暮らし続け、その間に『ジャンキー』を完成させ、『クィア』の大半を書いた。ジョーンの死後のこの一年間は、保釈の身でありながら、奇妙にピースフルで生産的な時間になった。その間、彼は幾度となくメキシコを脱出することを考えるのだが、実行することはなかった。

ところが、一九五二年末、判決が出る直前になってフラード弁護士が交通事故を起こし、口論の末、激昂して相手を撃ち殺してしまうという事件が起こった。フラード弁護士は国外に逃亡してしまい、バロウズは有能な味方を失うことになった。これを直接的な契機としてバロウズはメキシコを脱出することになるのだが、脱出先には南米を考えていた。五一年末にも「この分では最後にはフエゴ島まで逃げていくことになるのかもしれない」(20/XII/51)と自嘲的に手紙に書いているが、メキシコからギンズバーグあてに出した最後の手紙にも、行き先はパナマと書いた(5/XI/52)。これまでニューヨークからテキサス、テキサスからニューオーリンズ、ニューオーリンズからメキシコと、常に南へ南へと逃げてきたバロウズはなおも南に目を向けていたのだ。

実際に彼が向かうことになったのはコロンビアとペルーだったが、この旅には単なる逃亡以上の目的があり、単なる脱出以上の重大な意味をもつことになるものだった。以下の章では、この南への旅について詳しく見てみたい。

5——ヤへ探し

最も長い旅——

メキシコを脱出した翌一九五三年、バロウズはパナマを入口としてコロンビア、エクアドール、ペルーを訪れている。先に触れたように、その一年半ほど前の五一年にも彼はエクアドールを訪れているが、これは二か月弱の短い旅だった。それに対して五三年の二回目の南米訪問は一月から八月までのまる七か月におよび、バロウズの生涯を通して最も長い旅といえるものになった。バロウズは七〇年代の半ばまで、アメリカ合衆国を離れていろいろな国に暮らしたが、スーツケースを残しておけるベースキャンプのような定住地を設定しない最も長い旅がこの南米旅行だった。

その点だけからしても、この旅は彼の生涯で最も特筆すべきものだったと言えるはずだが、実際には、彼が作家として広く認められるようになる作品、今なお多くの人からバロウズの唯一の重要な作品と思われているふしのある『裸のランチ』が刊行される六年前のことであるために、詳しく問題にされることが少ない。[21] バロウズの最初の作品である『ジャンキー』[22]もこの旅行中の時期に刊行され、バロウズ自身、旅を終えてから初めて本を手にしているので、その意味でもこれは彼が作家となる以前の旅だった。また、一九五一年の一回目の南米旅行の旅程や体験は『クィア』[23]の中にかなり自伝的に利用されているのに対して、五三年の二回目の旅行は主要な小説の中で直接的に扱われていないため、看過されがちだったといえる。その一方で、五三年の旅行中にアレン・ギンズバーグに書き送った手紙をもとに構成された『ヤヘ書簡』(*The Yage Letters*)[24]という両者の共著が存在しているため、その中でこの旅

21――バロウズの伝記のうちの二冊(Miles, 1992; Skerl, 1985)は彼が南米に行ったことをかろうじて半ページ程度で伝える以外、この旅の内容をほとんどとりあげていない。

22――『ジャンキー』は一九五三年にAce Booksから*Junkie*として刊行されたが、Ace Books版で出版社によって削除された部分を復元したPenguin Books版が*Junky*として一九七七年に出ている。以下その両方に言及するが、両版の間の異同を問題にするとき以外はとくに区別することなく『ジャンキー』と表記し、特定の版を指す場合には*Junkie*と*Junky*として区別する。なお、二〇〇三年には、一九七七年版をベースにして、さらに詳細な校訂を加えた刊行五十周年記念版が「決定版」として同じペンギン・ブックスから出て、今ではこれが一番入手しやすい版になっているので、引用はこの版から行なう。

についてはすべてが語られているように思われがちだが、これはあくまでも事後的に再構成されたテクストからなるものであり、実際に送られた手紙とはいくつもの重要な箇所で異なっている。このような事情が重なって、彼の二回目の南米旅行にあたるコロンビア・ペルー旅行の意図や意味はなかなか正確に理解されてこなかった。

そこで、この五三年のコロンビア・ペルー旅行がバロウズの作品形成のうえで、また、彼のセクシュアリティとの関係のうえでも、さらには、彼の対社会戦略のうえでもきわめて重要な意味をもったものであることをこれから読み解いていきたい。彼が何を求めて出かけたのだったか、そして何を体験して何を得、何を失ったのだったか、また、彼がリオ・ブラーボ（アメリカ合衆国とメキシコ合衆国の国境となっている川。英語名リオ・グランデ）以南の国々に何を求め、何を見、何を読みとっていたのか、バロウズ自身が書いた手紙を中心として見ていくことにする。それに先だって、まずは一九五一年の一回目の南米旅行の内実を『クィア』に沿って見ておきたい。

五一年のエクアドール旅行――

エクアドールかパナマに移り住むというアイディアは一回目の南米旅行に出かける半年前の五一年一月以前からすでにバロウズの念頭にあったものだ。そのための偵察旅行が七月から九月にかけて実行に移された。この旅行に関してバロウズは『クィア』以外の文章を残していないし、旅行中に手紙を書いたとしても残っていないので詳しいことは実際にはわからない。ただ、『クィア』には詳しく書かれているので、それをまとめてみる。

旅の前半はパナマから飛行機でエクアドールの首都キトに入って、西南部の太平洋岸の探索にあてられた。マンタ、グアヤキルといった都市を訪れたのち、プラーヤス、サリーナスなどの海岸リゾートに滞在したとされている。ここまでが都市部の観光旅行的な旅で、住む場所を探していた部分といえるのかもしれない。『クィア』によれば旅の後半はエクアドー

23——『クィア』の主要部分は一九五二年に書かれているが、本としては一九八五年まで刊行されることがなかった。ただ、刊行されたテクストには複数の時点でバロウズが手を加えていることが指摘されており、どの部分がいつ書かれたものかを確定するのはきわめて困難とされている（Russell, 2001, p. 196; Harris, 1993, p. 130）ので、その扱いには注意が必要になる。なお、この本は『おかま』という題名で日本語訳が出ているが、バロウズは女性性を強調した同性愛者をfaggotと呼んで、男性的な同性愛者queerと区別していたので、この日本語題名は不適切といえる。queerに相当する日本語がないので仕方ないのだが。

24——*The Yage Letters*も一九六三年の版と増補された一九七五年版がある。また、二〇〇六年には新たな校訂を加えた*The Yage Letters Redux*という版が出たので引用はこの版から行なう。日本語訳では一九六六年の初刊行時以来『麻薬書簡』と題されている。

ル南東部内陸のオリエンテ地方でのヤヘ探しにあてられたとされている。グアヤキルから船で川を遡ってババオーヨまで行き、そこからバスでアンデス山中のアンバートまで登り、さらにトラックでアンデスの東斜面を下ってプーヨまで行ったことが書かれている。

そして、プーヨの近辺の森の中に住んでいるアメリカ合衆国人の入植者がヤヘについて詳しいらしいという情報を得て、登場人物アラートンとリーのふたりは徒歩で丸一日かけて訪ねていく。しかし、相手の協力を得られず、ヤヘは入手できない、というところで『クィア』のエクアドール部分は唐突に終わっている。というか、『クィア』の本篇がここまでで未完に終わっているのである。[25]

『クィア』の中ではこのように、ヤヘ探しがエクアドール旅行の中心的な出来事だったように語られており、ヤヘへの作用に関してバロウズが強い関心を寄せていることが読みとれるが、奇妙なことに、『クィア』以外の書きものを見るかぎり、バロウズがこの一回目の南米旅行においてヤヘ探しを本当に行なったようには思えないのである。少なくともあらかじめそれを計画していた様子はない。旅に出発する前に彼がヤヘあるいは南米の幻覚性植物に言及している文章はひとつも残されていないからだ。

テッド・モーガンによる伝記では、この旅行の同行者であったクリス・マーカー(『クィア』のアラートンのモデル)への取材に基づいて、バロウズがどこかの雑誌でヤヘについて読んでいたらしいことが報告されているが、[26]少なくともバロウズは、ヤヘに関心をもっていることを旅行前にはギンズバーグにもケルアックにも一切語っていない。彼らの間で頻繁にやりとりされていた手紙において、薬物の話はメキシコの美質の話と並ぶ主要なテーマだったのだから、この欠落は奇妙というしかない。そこからどうしても、この二回目の旅行に出発する時点でバロウズはヤへのことを知らなかったのかもしれないという疑念がわいてくるのである。以下に詳しく見るが、そのように考えるといろいろなことが符合してくるのだ。

コロンビア行き――

バロウズは「事件」をはさんで約一年半後にあたる一九五三年の一月、二回目の南米旅行に出発し、一介の旅行者として今度は単独でコロンビアの首都ボゴタを訪れている。このと

25――『クィア』の本篇とここで言っているのは、序文とエピローグ「メキシコ・シティ帰還」を除いた部分のこと。エピローグでは、語り手がメキシコ・シティの空港にもどって怯えながら入国し、警察を避けてタクシーで急いで市内へと姿を消す場面が描かれている。内容的には、この部分は五三年の二回目の南米旅行よりもあとに書かれたと考えるとつじつまが合う。実際、二回目の旅行の帰路にバロウズはメキシコ・シティに立ち寄っており、彼はその時点では妻殺害の裁判の途中で逃亡した被告だから、官憲を恐れなければならない立場にあったのである。

26――Morgan, 1991, p. 188.

きの目的ははっきりしており、コロンビアとペルー（およびエクアドール）の国境線となっているプトゥマーヨ川の上流域でヤヘを探すことだった。交通路としても重要なプトゥマーヨ川は西から東へと流れてやがてブラジル領に入り、いずれアマゾン川に合流することになる大河である。その源流近くのジャングル地域では、先住民がヤヘと呼ぶ植物（キントラノオ科、学名 Banisteriopsis caapi および Banisteriopsis inebrians）の蔓を幻覚植物として利用しているという情報を得て、彼はフロリダ州からパナマ経由でコロンビアにやってきたのである。

バロウズが保釈中の五二年の初めから二回目の南米旅行を考えていたことはギンズバーグやケルアックあての手紙からわかる。南アメリカに行く希望は、五二年に書かれて残されている全二十二通の手紙のうち十一通において語られているが、その考えが最初に表明された五二年の一月の時点では、行き先として、半年前に行ったばかりのエクアドールが考えられていた（19/I/52）。その後、五月半ばまで何度かエクアドールとパナマの名前があげられたのち、コロンビアの名前が初めて出てくるのが五月二十三日付の手紙である。あとで述べるように、この手紙が最も熱狂的にこの旅の期待を語ったものとなるのだが、その後、六月には漠然と「南米」という言い方で旅の計画が口にされるものの、その後しばらくこの旅についての言及は姿を消す。十月になってふたたびパナマの名前が出てくるが、それは旅の計画というよりも、「パナマに行って金を稼ぎたい」（6/X/52）という願望の話として出てくる。その一か月後にもメキシコを出たらパナマに行くつもりであることが書かれている（5/

XII/52）。ここまでの手紙はすべてメキシコに住んでいたバロウズが出したものだが、これがメキシコ在住中の手紙で南米行きが示唆される最後の手紙となっている。そして、十二月の初めに実際にメキシコを脱出して、フロリダの両親の家に身を寄せている間に書かれた手紙で、初めてきわめて具体的にプトゥマーヨ上流という地名が突然あらわれてくる（23/XII/52）。そのわずか十日ほど後に彼はフロリダから飛行機でパナマに向かい、そこからコロンビアに行くのである。

ここから言えるのは、彼はこの二度目の南米旅行の企画を一年近くにわたって温めていたものの、行き先については直前まできわめて漠然としたアイディアしかもっていなかったということだ。また、この旅にかける意気込みも、一年間均一に維持されていたわけでは決してなく、年の後半には数か月にわたってかなり優先順位の低い問題になっていたように見える。

さらに興味を引くのは、この旅の目的に関する彼の意識である。*Letters* に集められているすべての書簡の中でヤヘに対する言及が初めて出てくるのは五二年三月五日付の手紙だが、実際に旅に出発するまでに、それを入れても計四通にしかヤヘに対する言及は見られない。それ以外では、パナマで養豚や農業をするとか、パナマか南米に家を買って狩りでもして暮らしたい、といった着想がのらりくらりと語られていて、目的に関しても決してヤヘに絞りこまれていない場合がほとんどなのである。ヤヘを探すために南米に行きたい、という意思が明確に表明されている手紙は五月二十三日付の一通のみだと言ってよい。それ以外のところでは、どこに何をしに行くということよりも、メキシコを早くあとにしたいということのほうに気持ちの中心があるようなのだ。

ところがすでに述べたように、メキシコを出国したあとの手紙で突然、プトゥマーヨ上流というきわめて限定された地名が出てくる。そこには何の解説も付されていないので、なぜこの地名が急に出てきたのか詳しいことはわからないが、メキシコではヤヘに関する情報がほとんど入手できないことに苛立っている様子が見られた（15/V/52など）ので、出国後フロリダで調査をして目的と目的地が最終的に絞られたというような事情が想像できる。

いずれにせよ、バロウズはほぼ一年間、この旅の計画をぼんやりと温めていたが、最後の数週間にいたってようやく、そして急速にコロンビアへと目的地が具体化したのである。彼は飛行機でパナマに向かい、そこで隣国コロンビアのビザ（ツーリスト・カード）を取得した。これは単にコロンビアの領事館が合衆国南部になかったからなのかもしれないが、この時点での彼はルイジアナ州とメキシコの両方で法に追われる身であり、特にメキシコでの妻射殺事件は合衆国で大きく報道されていたため、米国内では可能なかぎり自分の名前を書かなければならない状況を避けておきたかったという事情もあっただろう。そのようにして彼は五三年の一月二十日ごろ、アンデス山中にあるコロンビアの首都ボゴタに飛行機で着いたわけだが、その時点までに彼が書き残しているものに、同時代のコロンビアの状況について彼がなにがしかのことを調べて知っていたことを示すものは一切何もない。彼はただヤヘを探すことだけを思い定めてやってきたのである。

ジャンキーとクィア――

公刊されているバロウズの手紙を見るかぎり、ヤヘあるいはそれに関連する表現（アヤワスカ、カアピなど）は、一九五二年三月五日付のギンズバーグあて書簡に初めてあらわれる(5/III/52)。これは『クィア』の下敷きとなった一回目の南米旅行の半年後のことだ。しかも、その文面からして、ギンズバーグの側がそれに先立つ手紙で「ヤヘというものについて何か知っているか」というような質問をバロウズに送っていて、それにバロウズが答えているらしいことがうかがわれる。また、それに対するバロウズの簡単な解説も、これがふたりの間でヤヘに関する初めてのやりとりであることを裏づけている。したがって、もし『クィア』で描かれているようなヤヘ探索行をすでに行なっていたのであれば、ここでそのことをバロウズが熱く得意げに語りださないはずがないのだ。しかし、そうはならない。バロウズはこの時点ではある程度すでにヤヘについて知っている様子だが、まだ情報集めを始めたばかりであるらしいのだ。

興味深いのは、この同じ手紙で、バロウズが前年のエクアドール旅行ではヤヘを入手しなかったことを伝えている一節である。

Did not score for Yage, Bannisteria caapi, Telepathine, Ayahuasca—all names for the same drug.
ヤヘは入手しなかった。バニステリア・カアピ、テレパシン、アヤワスカ、いずれも同じドラッグの異名である。

問題はDid not scoreという最初の一フレーズである。score ないし score for ～というのは『ジャンキー』の末尾に付された俗語表現集にもあるように、ドラッグを買って入手することである（～の部分にドラッグ名が入る）。ここでこの表現がCould not scoreとなっていれば、「前回の旅では、試みたにもかかわらず、ヤヘを入手できなかった」という意味であることに何の疑問も生じない。そうすれば『クィア』の物語とも合致することになる。しかし、バロウズはそうは書かずに、ずっと意味の限定がゆるいDid not scoreと書くことを選んだ。これでは「入手しなかった」という単なる事実関係の確認とも読めるし、「入手しようとしなかった」という意図の表明とも読めてしまう。疑問の余地のない表現を避けて曖昧な表現を使用したことこそ、一回目の南米旅行においてヤヘ探しが行なわれず、それを彼自身が恥じて伏せておきたがっていることを示唆しているように見える。入手のために必死の努力をしたのであれば、すでに述べたように、ここで得意気に説明しはじめるはずなのだ。たとえ

『クィア』に書かれている通りにエクアドールの奥地プーヨで探索行が行なわれたのだと考えるにしても、少なくとも「あまり本気でヤヘ探しはしなかった」ことをこの弱気さは明かしているといえる。

　実際、この五二年三月五日の手紙はバロウズが『クィア』を書きはじめた時期とほぼ重なっており、『クィア』はそれからの半年間ほど、バロウズがメキシコを最終的に脱出して南米に行くことを考えめぐらしながら、ヤヘについて調査をしていく過程と並行して書かれていった。だから、『クィア』の内容には執筆時点でのヤヘに関する関心が遡って反映されていった可能性が大いにあるのだ。

　五二年のバロウズが早くメキシコをあとにして南米に行きたいとくりかえし書いている背景には、妻射殺事件の裁判の進行状況がある。裁判は当初、四月後半に結審する見通しだったため、判決が出しだい（バロウズは国外追放処分になると見込んでいた）、すぐに出国できるよう心づもりをしていたのだ。また、同時期にメキシコ在住のアメリカ合衆国人の知人たちが相次いでメキシコをあとにしていたことも関係していたかもしれない。彼らの多くはバロウズと同じく、合衆国の復員兵援護法の適用を受けて（あるいは受けるために）メキシコ・シティ・カレッジ[27]に所属していたが、その内部で本国のマッカーシズムの影響を受けて相互の対立や密告が激化していた。バロウズと同郷のケルズ・エルヴィンズもこの時期メキシコ・シティに暮らしていたが、五二年五月には仲間によるものと見られる虚偽の通報から、マリワナ所持容疑で逮捕されている。[28]

このような情勢のなかで幾人もの知人がメキシコをあとにしていったが、保釈中の身分にあったバロウズは毎週一回、メキシコ・シティの旧市街北部テピート地区に近いレクンベッリ刑務所に出頭する義務があった。結審が迫っていたので五二年の前半には薬物には手を出さず、以前はいつも携帯していた拳銃も持ち歩かないなど、自らに制約を課して暮らしていた。この時期にメキシコを訪れてバロウズのもとに居候したケルアックが、バロウズの頼みを無視してアパートの中にマリワナを持ちこんだことは、ふたりの関係が急速に冷める大きな原因となったほどだ。それだけに、このような制約を自らに課さなくてすむ土地に早く移りたいという気持ちはなおさら募っていったのである。

そのような堅実な暮らしをしながら、バロウズは『クィア』のメキシコ生活の部分の原稿を五月十五日までに書きあげてギンズバーグに送っている（15/V/52）。また、それと並行して四月からは、五一年の第一回南米旅行以前に大部分ができていた『ジャンキー』が出版される見通しになったため、出版社の要請に応じて加筆したり修正したり削除したりする作業を精力的に行なっている。『ジャンキー』の正式な出版契約はバロウズの委任を受けたギンズバーグが七月五日[29]にニューヨークで結んでいるが、原稿改訂の作業がその後も続いたことは明らかで、扱われている話題から見ても、少なくとも九月の後半までは新たな断章を書き加えている。

一方、『クィア』の南米旅行の部分は六月末か七月初めごろにギンズバーグあてに発送された（*Letters*, p. 134では五二年七月上旬と推定されている）。その後しばらく『クィア』への言及は途絶え、十月になってふたたび話題にされたときには、その続きを書く気がなくなったことをギンズバークに伝えるためだった。そして以後、『クィア』への言及は一切なくなるので、前書きとエピローグを除いた本篇部分は五二年七月初めの段階でおおむねできあがっていたことが推定できる。もしこれが正しければ、書きはじめられた順番とは反対に、『ジャンキー』よりも『クィア』の本篇部分のほうが先にバロウズの手を離れていたといえる。

以下、この問題を少し詳しく見ておきたい。『クィア』と『ジャンキー』の執筆時期の問題にあえてこだわるのは、『クィア』の不自然な展開を明らかにすることによって、なぜ未完に終わることになったのかがわかってくるからだ。

一九五三年のAce版*Junkie*と一九七七年のPenguin版*Junky*（および二〇〇三年の「決定版」）

27——一九四〇年にアメリカ合衆国人の学生を主な対象として設立され、メキシコ・シティの新市街中心部ローマ区の目抜き通りインスルヘンテス沿いにあった。バロウズのメキシコでの住居はいずれもそこまで歩いて行ける範囲内にあった。García Robles, 1995, p. 34.

28——*Letters*, 15/V/52. 共産主義者と薬物常用者とが同一視された論理については、Murphy, 1997, pp. 53–54を参照。

29——Miles, 1992, p. 58.

は、題名のつづりが異なっているだけでなく、収録されている断章にも異同があり、さらには断章の区切りなども異なっているので説明が繁雑になるが、[30] 少なくとも、*Junky*の最後から三つめの断章（「決定版」p. 124の"Bill Gains threw in the towel and moved to Mexico." 以下。*Junkie*では最後の断章の前半部分に相当し、p. 154の同文からp. 156の"Yes, Lexington is full of young kids now." まで）はバロウズが『クィア』の最後の原稿を送ったあとに書かれたことが確実だと言える。というのも、この一節は登場人物ビル・ゲインズのメキシコ到着の様子を報告する場面だが、この登場人物のモデルとなったのはバロウズのニューヨーク時代からの友人である外套泥棒のビル・ガーヴァーであり、彼がメキシコに到着したことをギンズバーグに伝える手紙の中で、バロウズは「『クィア』の南米部分の最後の二十五ページ分を受け取ってくれたか？」と心配して尋ねているからだ（*Letters*, p. 134）。ただ、この手紙にもバロウズは日付を書いていないので正確な日にちはわからない。しかし、そこでは『ジャンキー』のアドバンス印税の一部を受領したことが報告されているから契約日の七月五日以降、また、八月五日に判決がおりる予定であることが書かれているからそれ以前のものであることが推定できる。

『クィア』と『ジャンキー』の執筆時期の前後関係を補強する論点はもうひとつある。今述べた『ジャンキー』の断章の次の断章である（pp. 125–126の"One day I was in the Opera Bar." 以下。この部分は*Junkie*では削除されて、*Junky*におけるその直前直後の断章が切れ目なく連結されている）。これは先の登場人物ゲインズが品質の悪いヘロインのせいで生死の境をさまよう話の部分だが、生身のビル・ガーヴァーの身に同じことが起こったことは九月十八日の手紙でギンズバーグに報告されているのである。よほどその出来事と手紙による報告とが離れて行なわれたと想定しないかぎり、この断章は九月の半ば以降に書かれたと考えることができる。

このようにして、『ジャンキー』の最後の三つの断章のうちの二つが『クィア』よりもあとの五二年七月から九月にかけて書かれたことがわかる。では、残るひとつの断章、すなわち一番最後の断章はいつごろのものと考えられるのだろうか。これもやはりほぼ同じ時期、五二年の後半に書かれたものなのか。これは『ジャンキー』の中でも最も有名な一節のひとつだろうが、参照のためにここに部分的に引用しておく——

[...] I decided to go down to Colombia and score for yage. [...] I am ready to move on south and look for the uncut kick that opens out instead of narrowing down like junk. [...] Maybe I will find in

30——さらにやっかいなことに、この本の日本語版では、原著のどの版とも違って、全体が十五の章に分けられていて（原著には章分けなし）、各断章の区切りは相当勝手気ままに無視されたり尊重されたりしている。

yage what I was looking for in junk and weed and coke. Yage may be the final fix. (pp. 127–128)
〔前略〕私はコロンビアまで下りていってヤヘを手に入れてみることに決めた。〔中略〕これからすぐにでも南に移動して、混ぜもので薄められていないキックを探す心づもりができている。ジャンクのように内向きに狭まっていくのではなく、外向きに開いていくキックを。〔中略〕もしかするとヤへの中にこそ、ジャンクや葉っぱやコークに探し求めていたものが見つかるかもしれない。ヤへこそが究極の一撃なのかもしれない。

この最後の断章は『ジャンキー』の中で、ヤへを探すためのコロンビア旅行の着想が語られる唯一の箇所であり、ヤへの話題はそれまで一切ほのめかされてもいないので、ここでかなり唐突に出てくるものである。

すでに見たように、五二年の三月、ヤへについて言及しはじめたばかりのころ、バロウズはエクアドールとパナマを目的地として想定していた。その時期に彼は『クィア』のメキシコ部分を書いている。ところが、『ジャンキー』の出版の可能性が高まり、出版社の要請に応じて、その続篇部分となる予定だった『クィア』の執筆に本腰を入れてそのメキシコ部分を書きあげた五月、それまで一度も話題になったことすらなかったコロンビアという地名が手紙の中に出てくるのである。五月二十三日付のギンズバーグあて書簡にはこうある——

I am making arrangements to leave Mexico. I can not wait for process of law to take its interminable course. May lose my bond money (all that remains from sale of Texas land), but *I must go. I must find the Yage*. Plan expedition to Colombian jungles. (23/V/52)

メキシコをあとにする用意を始めているところ。法手続きが果てしない道筋をたどるのをいつまでも待っていられない。保釈金（テキサスの土地売却代金の最後の残り）を失うことになるかもしれないが、それでも僕は行かなければならない。僕はヤへを見つけなければならない。コロンビアのジャングル遠征を計画中。

手紙にバロウズは自らアンダーラインを付して強調している（アンダーラインは印刷時にはイタリックに変換されている）。ヤへという単語は語頭を大文字にして、theまでつけている。いずれも異例のことで、この時期にヤへに関する関心が急激に高まっていたことがうかがわれる。手紙を読むかぎり、ヤへ探しにかける気持ちが最も盛り上がっていたのがこの五月二十三日付の手紙なのである。同じ手紙の末尾は次のような謎めいた一節で締めくくられている——

For some reason I have forebodings about this S. A. expedition. Don't know why except it seems a sort of final attempt to "change fact."

どういうわけだか、この南米遠征には何か予兆を感じる。どうしてだかわからないが、「事実を変更する」最後の試みみたいなものに思える。

これほど熱狂的に旅の計画を語って、心の中で予知的にそれを体験しておきながら、この手紙ののち、ヤへの話題はほとんど出てこなくなり、コロンビアのことも実際に旅に出る直前（十二月二十三日）の手紙まで半年以上まったく出てこない。その半年間は、七月までに『クィア』のエクアドール旅行部分を書き、九月ごろまで『ジャンキー』の追加原稿を書いたのち、裁判の進展に忙殺されて、南米旅行のイメージがぼやけていった時期なのである。そのような時期に、先に引用した『ジャンキー』の最終断章、「コロンビアに行くつもりだ」という強い断言の調子で旅の計画を書いたとは考えにくい。

とすると、「ヤへこそが究極の一撃なのかもしれない」という『ジャンキー』の最終断章は、コロンビアでのヤへ探しというテーマに熱狂していた五二年五月後半ごろに書かれた、と考えたほうがずっと筋道が通っている。本の中でその直前に配置されているビル・ゲインズのオーヴァードーズのエピソードの執筆は九月と推定できるのだから、隣接しているふたつの断章の時間的乖離が奇妙に思えるかもしれないが、そのさらに三つ前に置かれているペヨーテ体験のエピソード（pp. 122–123）も、きわめて似通った体験が六月四日付の手紙で報告されているものだから、このあたりの断章はかなり異なった時点で書かれたものがシャッフルされて配置されているように見える。したがって、九月に書かれたものの直後に五月のものが配置されていると見てもそれほど奇抜なことではない。

このような仮説を受け入れるならば、『ジャンキー』のヤへに関する言及と、『クィア』のメキシコ部分の第四章、第六章にあるヤへ探しの南米旅行計画の部分（*Queer*, pp. 57, 59など）は五二年五月の前後に、ほぼ同時進行的に、相互に貫入するようにして書かれたことになる。

このことは内容的にもかなり裏づけることができる。コロンビア人の学者がヤへから「テレパシン」という物質を抽出したという話は共通しており、両作品に書かれている米ソの諜報機関がヤへやテレパシンの戦略的利用の実験をしているという情報も、五月十五日付の手紙で知人からの伝聞として報告されているものだ。[31] つまり、ヤへに関する情報として両作品に書かれている内容はまったく同一なのである。

このことは、前に述べたバロウズの一回目の南米旅行ではヤへ探しが行なわれなかったという推論を補強することにもなる。特にこの諜報機関の実験という情報は五二年五月ごろに得たものと推定できるから、一回目の南米旅行以前にバロウズが知っていたはずはなく、この実験のことを『クィア』の中で主人公が南米行きの動機のひとつとして提示している（第

31 ―― *Junky*, p. 127; *Queer*, p. 57; *Letters*, 15/V/52. 諜報機関による研究というのは実際に行なわれていたとされる（Russell, 2001, pp. 29, 197）。

四章）のは明らかにあとづけされたものだということになる。バロウズが二回目の旅をヤへ中心に構想していたからこそ、遡って一回目の旅の物語において旅発ちの動機として流用されえたのである。こうして動機の部分から崩れてくるとやはり、バロウズとクリス・マーカーのエクアドール旅行でヤへ探しが行なわれた可能性はなおさら低く見えてくる。

また、『クィア』においてヤへの名が二度目に出てくるのは、リーとアラートンが一緒に南米に行くことに決めてその準備を始める場面（第六章末尾）だが、そこではどこでヤへを探せばいいのか、という話題が扱われている。それに対してリーはこう答えている――

それはボゴタで調べる。ボゴタに住むコロンビア人科学者がヤへからテレパシンを抽出するのに成功した。この学者を見つけないといけない。

明らかに目的地はコロンビアの首都ボゴタなのである。ふたりはコロンビアに行く準備をしているのだ。なのに、その一ページ後にはふたりはエクアドールの首都キトに到着している（第七章冒頭）。作品の中でエクアドールへの言及はそれまで一度もないのだから、これはまったく奇妙なことと言わざるをえない。エクアドールが単なる経由地であって、そこからコロンビアに向かう予定であるというようなことをうかがわせる部分もない。それどころか、コロンビアという名はそれきり二度と『クィア』の中で口にされることがないのだ。[32]

この重大な矛盾を解決するには、これがふたつの別の旅のことを取り扱っているのだと考えるしかない。ヤへを探しにコロンビアに行く、というのは五二年の時点ではまだ行なわれていない二回目の南米旅行のことを言っているのだ。それを書いていたバロウズはヤへに関する新しい情報に基づいて新しい旅の企画を立てていた。それがすでに終わった一回目の旅の計画の記述へと遡及的に転写されていったのである。

バロウズは『クィア』の原稿を「最初の六十ページ分」(23/V/52)と「南米部分の二十五ページ分」(*Letters*, p. 134, 推定日付五二年七月上旬)のふたつに分けて発送しているが、以上のことからは、このふたつの部分は六章と七章の間で分かれていたのではないかと推定できる。つまり、コロンビア熱が最も高まっていた五月に『ジャンキー』の最終断章の「コロンビア予告」と『クィア』の六章末尾の「コロンビア予告」が相互に影響しあいながら書かれたと考えられるのである。

『ジャンキー』と『クィア』と書簡という三つのテクストの間のこのような絡みあいを考えると、『ジャンキー』の末尾となる文章でコロンビアにおけるヤへ探しが宣言されたがゆえ

32——これは手紙において、五二年五月に「コロンビアに行くつもりだ」と書いておきながら、それきりメキシコを出た後の同年十二月まで、つまり実際の二回目の旅の直前まで二度とコロンビアの名が口にされないのとぴたりと符合している。

に、その時を起点にして『クィア』の中で語られる旅は、そのモデルとなった一回目の南米旅行の現実から離れて、ヤヘ探しの旅へと急速に舵を切られて転換していったのである。しかし、バロウズは実際にはまだコロンビアに行ったことはなかったので、その先はエクアドールでの物語として書き継がれていくことになった。だが、さらにまた彼は、まだヤヘを見たことがなかったので、ヤヘ探しの物語としての『クィア』の後半は完成させられず、やがて中絶されて放棄されるしかなかったのである。

一九五三年のコロンビア――

五二年のバロウズは、アメリカ合衆国には決してもどりたくないのでメキシコを出たらもっと南に向かうことを一貫して表明していたが、彼が十二月に実際にメキシコを出て最初に向かった先は、両親と息子がミズーリ州セントルイスからその年の春に移住して暮らしていたフロリダ州パームビーチだった。その直前までメキシコからパナマに直行するつもりであることを書き送っていたにもかかわらずそうしなかったのは、おそらく急な出発だったために南米行きの準備を整えている暇がなかったからだ。市民権獲得手続き以来のつきあいで、彼の裁判も有利に進めていた弁護士ベルナベ・フラードが失踪してしまったため、バロウズは有利な判決が出る希望を捨てて、十二月九日ごろに逃げるようにして陸路で出国したのである。[33]また、裁判を放棄していくため、それまであてにしていた約二〇〇〇ドルの保釈金の返還も諦めざるをえず、旅の資金が不足していたことも考えられる。

三年ぶりにもどったアメリカ合衆国で年末までの三週間ほどを過ごすうちに、バロウズはやはりここが自分の居場所ではないことを確認する。メキシコにいたときには早くあとにしたいとばかり思っていたにもかかわらず、「メキシコ・シティこそがどこにもまして自分の故郷《ホーム》である」(23/XII/52)とまで書く。この感情はその後、二度目の南米旅行中にもくりかえし噴出し、[34]やがて『クィア』のエピローグ「メキシコ・シティ帰還」を呼びこむことになるものである。

予定外のフロリダ滞在だったが、この三週ほどの間にプトゥマーヨという名前を手に入れたことが最大の収穫だった。この地名を得た時点からバロウズの二回目の南米旅行の目的は決定的にヤヘ探しに絞られてくる。それだけに決定的な意味をもった三週間だったといえる。

一九五三年の一月の最初の数日間のうちに彼はパナマに向けて旅立ち、一月二十日にパナマのコロンビア領事館で観光ビザを得てコロンビアの首都ボゴタに向かった。このビザが領事の書きまちがいで「一九五二年一月二十日」付になっていたことが原因で、バロウズは一

33 ——ジャック・ケルアックの手紙による。Charters, ed., 1995, p. 389.

34 ——*Letters*, 5/V/53, 12/V/53, 18/VI/53, 8/VII/53.

か月後にプトゥマーヨ川上流の町プエルトアシスで一週間以上も拘束されるというひどい目に会うことになるのだが、それがなくとも、五三年の前半はコロンビアを「観光客」が訪れるには最悪の時期だったといえる。

一九五〇年代初頭の南アメリカは、多くの国で朝鮮戦争特需などによって経済的な繁栄が始まった時代とされている。メキシコやブラジルではそれぞれの「奇跡」と呼ばれる経済発展が見られた時代だった。一方、冷戦の始まりによって中南米諸国との関係の戦略的重要性が増すと見たアメリカ合衆国のトルーマン大統領は、一九四九年に就任演説の第四点として、発展途上国への経済援助の拡大を約束していた。通称でポイント・フォー・プログラムと呼ばれているものだが、これは各種産業の振興のための技術援助を中心に一九五〇年から開始されている。なかでもコロンビアはラテンアメリカ諸国の中で唯一、朝鮮戦争に派兵した国だったこともあって、アメリカ合衆国との関係はある種の蜜月状態にあった。ラテンアメリカの国でアメリカ合衆国から最初にジェット戦闘機を購入することができたのもコロンビアだった。

しかし、一九五三年のコロンビア国内の実情は決して明るいものではなかった。それどころか、実際には内戦同然の状態にあった。現在ではコロンビアの歴史上の一時代を指す固有名詞として「ラ・ビオレンシア」(暴力期)と呼ばれている時期のまっ最中だったのだ。これは保守党と自由党の間の抗争として一九四〇年代半ばに始まり、自由党の党首が首都ボゴタの中心で白昼に暗殺された四八年から特に悪化して、両党の間で定期的な政権交代の合意ができた五七年以降まで、十五年ほどの間に市民が二十万人ほど命を落としたとされている。

これはまさにガルシア＝マルケスの初期の作品の多くの舞台となっている時代で、たとえば、『大佐に手紙は来ない』（一九六一年刊）の物語は一九五二年に設定されている。そこでは不能率な役所仕事のせいで恩給を受けることができずに生活に窮した老大佐が、自分の政治信条を曲げて保守党側に属する市長に援助を頼みに行こうとするのだが、どうしても思い切ることができずに逡巡し続ける。また、「いつの日にか」（六二年刊、日本語訳題名「最近の一日」）という短篇で、自由党支持者らしい村の歯医者が、保守党派のリーダーである村長の虫歯を、「わが方の二十名の死者の報い」として麻酔をかけずに抜歯するのはこのような背景があってのことだったのである。

そのような場所にバロウズは一介の旅行者としてひとりでやってきた。辺境地域では、共産主義への傾斜を強めた勢力が二大政党間の抗争に乗じて勢力伸長をはかって戦闘が激化していた。国軍は市民間の暴力には基本的には中立を保っていたが、暴力行為があまりにも全般化し、保守党の政権が統治能力を失いながらも和解の努力を放棄していたため、ついに陸軍のローハス＝ピニーヤ将軍が軍人と寡占階級の支持を受けて、皮肉なことに無血クーデタで政権につくことになる。ビザ（三か月）が切れてバロウズが隣のエクアドールへと出国したのが四月二十日前後のことだが、このクーデタはそれからほどない六月十三日に起こっているのである。これは二十世紀のコロンビア史上ただ一回の軍事クーデタであり、唯一の軍事政権だった。ちなみに、ガルシア＝マルケスが記者として勤めていた『エル・エスペクタドール』紙はロハス＝ピニーヤ政権下で五六年一月に刊行停止を余儀なくされている。

しかし、バロウズがこのような実情を少しでも事前に調べていたような形跡はまったくない。ビザの問題で身柄を拘束されたあとになって、彼は「コロンビアを旅するのはむずかしい」（"Travel in Colombia is difficult"）[35]などと嘆いてみたりしているのである。また、五年前から内乱のような状態になっている国について、「この国は戒厳令みたいなのをやっている」（"This country has got like martial law."）[36]と語るのもいかにも調子外れである。実際のところ、コロンビアでは「戒厳令みたいなの」が行なわれていたのではなく、一九四九年十一月以来ずっと本当に戒厳令が敷かれていたのだ。それは十年間も続いた。国会すら五九年まで十年間閉鎖されたままだった。[37]そのような国に彼は荷物の中に拳銃を忍ばせて、観光ビザで、それも日付のまちがった観光ビザでやってきたのだから、もっとひどいことにならなかったのが不思議なくらいだ。旅の途中では頻繁に検問があるのでこの拳銃の件では相当神経をすりへらすことになったが、やはりどこから誰が見てもグリンゴ（アメリカ合衆国人）にしか見えなかったせいだろう、拘束されながらも銃が見つかる程度の荷物検査さえ受けることがなかった。

プトゥマーヨ遠征

このような状態にあるコロンビアの国内で、バロウズは首都ボゴタを起点として、最南端のプトゥマーヨ川沿いのプエルトアシスまで、片道千キロメートル、標高差二千五百メートルほどの道程を二往復している。一回目、単独で行ったときにはブルーホ（呪術師＝薬草師）を名乗る何人もの人物にだまされるばかりで収穫はなく、カヌーを雇うまでしてたどりついた最果てのプエルトアシスで先述のように八日間足留めされた（収容施設がなかったため町からの外出禁止を命じられた）。その後、警察の上層からの指示がようやく届いてプトゥマーヨ県の県都モコアに送還され、一日拘留されたのち放免されているが、その間にマラ

35 —— *Letters*, 1/III/53. この年の一月から二月末までのコロンビア滞在前半の手紙は、たしかに書かれた形跡があるが、ギンズバーグが紛失したのか（想像しにくい）、届かなかったのか、失われている。その時期に相当する『ヤへ書簡』の文章は、おそらくのちにバロウズが記憶と記録を頼りに再現したものだろう。

36 —— *Letters*, 5/III/53.

37 —— この種の無知はバロウズの伝記作者たちにもそのまま受け継がれており、たとえばMorgan, 1991では、プトゥマーヨ地方で頻繁に検問が行なわれていたのは「当時、ペルーとの紛争があったため」（p. 220）と半行で説明されているが、まったく的外れである。

リアが発病してしばらく身動きがとれなくなった。このようにして一回目のプトゥマーヨ行きは一か月ほどを費やしながらまったく目的を果たすことができなかった。

数日間ボゴタにもどってビザの問題を解決したのち、バロウズはすぐまた三月五日から二回目のプトゥマーヨ遠征に出かけている。とりあえず自分に非がなかったこととはいえ、逮捕されマラリアに倒れた土地にすぐに再度出かけていくのだから、やはり「ヤヘを見つけなければならない」と書いただけの並々ならぬ意欲があったことは確かだ。ただ、それを可能にしたのはリチャード・エヴァンス・シュルテス博士とボゴタで出会うことができたからだった。バロウズの二回目のプトゥマーヨ訪問はシュルテスの調査隊に同行することによって果たされたのである。

シュルテスはその後ハーヴァード大学の植物学博物館長を長く務めることになる幻覚性植物の専門家で、一九四一年以来コロンビアに暮らしていた。しかも、生涯を通じて教え子の民族植物学者たちに、アマゾンに行ったらかならずヤヘを試してみるようにと助言するなど、ヤヘに関して深い学識と強い思い入れをもっている人だったから、バロウズにとってこれ以上ない助言者となった。シュルテスは日本軍が東南アジアを占領しはじめたのをきっかけに、マレー半島のゴム園にかわる天然ゴムの供給源をコロンビアに築くための調査をアメリカ合衆国農業省から命じられて行なっていた。そのために彼はコロンビアとペルー、エクアドールの降雨林を十年以上にわたって踏破してきており、その過程で科学に知られていなかった新種の植物を三百種以上発見していた。シュルテスとバロウズはハーヴァードの卒業年が一年しか違わない（バロウズが一年上）同窓であることがわかって打ち解けた。この出会いが幸運だったのは、シュルテスのゴム調査任務の予算がこの同じ五三年に打ち切られ、シュルテスはその年の北半球の秋に突然ハーヴァードにもどることになったからだ。言ってみれば、アマゾン西部の事情に関するシュルテスの知識がまさに最高点に達していたときに、バロウズはぎりぎりのタイミングで彼に出会うことができたのだった。[38]

バロウズが念願のヤヘを初めて摂取することができたのは四月上旬まで続いたこの二度目のプトゥマーヨ遠征中のことだ。旅に出ておよそ三か月後、場所は正確にはわからないが、『ヤヘ書簡』では「Macoaの近く」とされている（『ヤヘ書簡』では、おそらく意図的に、多くの地名が改められており、MacoaはMocoaのことと思われる。その大部分は二〇〇六年に出た *The Yage Letters Redux* 版で修正された）。そこでブルーホを紹介されてヤヘの浸出液を飲んだ。このときの体験についてバロウズは、「四時間にわたって譫妄状態に陥り、十分おきに吐いていた」、「全き恐怖」（12/IV/53）と書いており、嘔吐の側面ばかりを強く感じたようだ。その後さらに二回摂取して「催淫作用も含めて葉っぱと非常によく似ている」（12/IV/53）ことを確認したのち、実はモコアの町では住民が庭でヤヘを育てていたり、町の市

38 —— シュルテスについてはDavis, 1996; 2004による。

場で簡単にその蔓が買えたりすることがわかって拍子抜けしながら箱一杯分買ってボゴタにもどった。モコアは前回釈放された県都だから、もともとプエルトアシスの奥地までなど入りこむ必要はなかったのだ。

しかし、この最初のヤヘ体験についてバロウズは高い評価をあたえていない。吐き気の不快感が強すぎるので、彼は買って帰った原料から不純物を取り除いた「ヤへの純粋抽出物」を分離しようと考えた。しかし、ボゴタでシュルテスの研究施設を借りて実験をくりかえしても望むような結果は得られなかった。

そのうちに九十日間のビザが切れるのでは彼はコロンビアから出国することを余儀なくされ、この実験は中断することになる。コロンビアからエクアドールに出た段階でバロウズは「これまでのところ、結果は不分明」、「テレパシー・ドラッグだと思うが確信はもてない」(22/IV/53) とだけ書いている。

その時点でバロウズは、ビザを取り直して再度コロンビアにもどるつもりでいたが、それは結局果たされなかった。コロンビア滞在の後半にいたってバロウズは自由党支持の若者と親密になったこともあって、遅ればせながらコロンビアの政治情勢に気づき、急激に「ラ・ビオレンシア」に関心をもつようになっていた。[39] 保守党側があまりにひどいので「中立でいることは不可能」で、自分が「自由党側のゲリラに参加することになっても不思議ではない」とまで書くにいたる。そのため、「もどったら問題に巻きこまれる」ような予感があって結局もどらなかったのである（22/IV/53）。

このような事情でヤヘ研究はしばらく中断状態に置かれていたが、その一方で、より伝統的な方法でのヤヘの利用を調査したいという関心もめばえていた。かなり開発が進んでいて市場でヤヘを売っているモコアのような場所よりも、もっと奥地に入って西洋文明との接触の少ない先住民のもとにいけば、もっとよく効くヤヘの調合法がわかるのではないか。そのように考えて、そしておそらくシュルテスの示唆を受けて、コロンビアとブラジルの国境地帯のヴァウペス川流域とか、エクアドールで最も孤立して暮らしているアウカ族という先住民の名前に関心を示している。しかし、資金の不足とコロンビアの政治情勢ゆえにその旅は実現されなかった。

コロンビアにおけるヤヘ探しはこのようにして、一応実現だけはできたが成果は得られないという状態で終わった。旅は失敗とはいえないまでも、決して成功ともいえないものだった。

39 —— その後、ペルー滞在の末には「コロンビアの内戦」の根本原因が、「南米の潜在能力と、生を恐れる抑圧的なスペイン的アルマジロ人格の間の根本的分断」にあると分析するにいたる（*Letters*, p. 176）。

運搬不能なキック——

結局バロウズはコロンビアにはもどらず、前回の旅のときから悪い印象を抱いていたエクアドールを足早に通過して、一九五三年五月、ペルーに入った。この時期のペルーはコロンビアのような内乱状態にはなかったが、それは一九四八年末にクーデタで政権についたマヌエル・オドリーア将軍が反対勢力を厳しく弾圧しているためだった。そのせいでオドリーア政権下のペルーでは政治的な安定が続き、むしろ経済的な発展が見られた。[40] しかし、労働組合を基盤とする前政権党のアプラ党の党首は亡命を求めて首都リマのコロンビア大使館に逃げこんだきり、政府が出国を認めないので四九年初めから五四年の四月まで、実に五年以上にわたって同大使館の中に事実上閉じこめられているという異常な状態にあった。バロウズはそのような状態が始まって四年以上が経過している国に行ったのだが、相変わらずそうした事態を気にとめた様子はない。

むしろ際立っているのは、ペルーに好感を覚え、「小国コンプレックスがない」など、全般に好意的な感想を書き残していることである。独裁政権下にある国で五月初めから七月まで三か月近くを過ごしたのち、その滞在の末期にいたってなおも彼は、アメリカ合衆国社会が規範から外れた人間を爪はじきにするのとは対照的に、「南アメリカは逸脱者を作らない」、「ここでは教養と礼節あるふるまいに対する深い敬意がある」(10/VII/53) といったことを書くことができた。

アメリカ合衆国の社会が人をつぶしてコントロールしようとするのに対して、「リオ・ブラーボの南」では人の本性の発揮が規制されない、という考えはバロウズがメキシコに住みはじめた直後からくりかえし表明していたものだが、メキシコとコロンビアにおいて公権力との直接的な接触を経験して、とくにコロンビアでの警察や軍の遍在、暴力の横溢、そしてビューロクラシーの不手際による逮捕や拘禁といった出来事を体験したのちになおも、この見方が根本的に変化していないことはむしろ驚くべきことだといえる。反対に、逮捕拘留や投獄の経験が、むしろこの信念を強化することになった側面すら見てとれるのだ。囚人に対する看守の態度に関して、合衆国南部のほうがよほどサディスティックで悪辣であったことを回想しながら、バロウズは中南米では看守たちに、自分たちが鉄格子の反対側にいる者たちと根本的には何も違わないという対等意識が浸透しているのだと分析している。この五三年七月十日の手紙はバロウズが南米から送った最後の手紙で、二日後には旅立つことになっていた時点で書かれたものだから、さまざまな出来事を体験したあげく、また、個々の人物や出来事に対してさんざん悪口を書きつらねてきたあげくの、「リオ・ブラーボの南」に対

40——この時代の繁栄と腐敗と抑圧の雰囲気については、その渦中で青春を過ごしたマリオ・バルガス＝リョサがのちに『ラ・カテドラルでの対話』（一九六九年刊）という小説で濃密に描きだしている。

する彼の見方の最後の集約になっているものと見なせる。実際、ペルーを出てバロウズがまず向かった先は、こともあろうか、被告不在のまま有罪判決が出ていて悪くすればそのまま逮捕収監されても文句のいえないメキシコ・シティだったのだから、このような「リオ・ブラーボの南」に対するバロウズの思いが本物だったことは確かだろう。バロウズはペルーのリマにメキシコ・シティを思い出させるものを感じとって、メキシコに対する郷愁に焼かれていたのである。[41]

ペルーに到着したバロウズはまず最初の一か月半近くをリマで過ごした。痔、赤痢、肺炎、神経炎、結核といった病名が次々と出てくるほど体調を崩していたからだ。当初はコロンビアでのヤヘ調査の内容を文章にまとめ終わり次第、すぐにペルーの先住民のヤヘ使用を調査するために一か月ほどジャングルに入ることを考えていたが、体調が悪くて一時はそれも諦めかけた。ようやく病気がよくなって奥地に向かったのは六月中旬のことだ。クスコ、マチュピチュといった地名に彼はまったく関心を示すことなく、それとは反対方角のアンデス山脈の東側に向かった。アマゾン川の重要な源流のひとつであるウカヤリ川上流のプカルパが目的地だった。

そして、プカルパにおいてバロウズのヤヘ探索は決定的な転機を迎えるのである。「印刷機を止めてくれ！　これまでヤヘについて書いてきたことはすべて書き改める必要がある」(18/VI/53) と勢いこんで書くほど重大な変化があった。

ペルーでの最初のヤヘ体験についてバロウズはこう書く――

これまでに経験した何とも似ていない。［中略］効果はことばで表現できない。［中略］まず清澄な英知の感覚があった。［中略］その後のことは描写できない。青いスピリットによる憑依みたい［中略］青紫色。そして明らかに南太平洋的なもの、イースター島やマオリの図柄みたいなもの、青い物質が全身に満ち、古代的な歯をむいた顔があった。同時にものすごい性的な衝迫、ただしヘテロセックスの。これはまったく不快なものではなく［後略］(18/VII/53)

これはプカルパでの体験直後に書かれた文章だが、的確なことばで簡潔に描写するのを得意とするバロウズとしてはめずらしく、体験の強烈さをうまく表現できないもどかしさに満ちている。経験の全体を統合することができないので文が構成できず、名詞を割り当てることもできない。

41――リマに着いた直後に書かれた手紙にはこうある――「この手紙はリマからだが、リマはメキシコ・シティに似ていてホームシックになる。おかしなことに、僕のノスタルジアはすべてメキシコに対してなのだ。メキシコこそ故郷であり、なのに行くことができない。フラードから手紙をもらった。欠席裁判で有罪判決が出たとのこと」(5/V/53)。ここでの自戒を破ってバロウズはあえてメキシコ・シティにもどったのである。

とすらできない要素が続出し、それをつながりのないまま羅列することしかできない。コロンビアでの体験と比べて際立っているのは、肉体的な不快感が強調されていないこと、そして、具体的な映像への言及があることだろう。コロンビアでは不快感ばかりで幻覚を見ている余裕はなかったのである。

バロウズはプカルパでブルーホの調合によるアヤワスカ（ペルーではヤヘの近似種の調合物がこう呼ばれている）を合計六回体験し、原料も仕入れて七月上旬にはリマに持ち帰った。そして、コロンビアで試みたのと同じように、その「抽出液やチンキ、乾燥粉末でも実験した」がまったく効果が得られなかった。純粋な有効成分とされるハーミン（harmine）もブルーホの作った調合液の「色あせたレプリカ」でしかなかった（8/VII/53）。

このようにしてバロウズは、結局ヤヘは「運搬不能なキック」であるという結論にたどりつく。新鮮なバニステリオプシス属の蔓と、調合者によって異なる複数の補助的植物が入手できる現場においてしか、その効果が得られない。いつでもどこでも確実に効果の得られる薬物に慣れていて、「利用可能な技術」（4/VI/52）を求めていたバロウズは、この点でヤヘの追究を諦めることになるのである。

コロンビアとペルーの奥地の旅を通じて、軍人やミショナリー、小役人や神父たちによって南米の奥地ですら強力に管理されているのを確認してきたバロウズは、ペルー滞在の後半にいたって「身動きがとれないという恐怖」（stasis horrors）にくりかえし襲われ、急激にそこを早くあとにしたいと思うようになっていった（*Letters*, p. 173, 8/VII/53）。

南米旅行に出発する前にはまだ、どこかでいい場所を見つけて農園でも経営するということを夢見ていたのかもしれないが、ここに来てバロウズはそれに関しても結論を出す——「農業の町というのはまったくひどい。自分が農業をやれるなんて、いったいどうしてそんなことを思っていたんだろう」（8/VII/53）。

このように書いた四日ほどのちにバロウズはリマを発ってメキシコ行きの飛行機に乗った。メキシコ・シティに一か月ほど滞在したのち、フロリダを経由してギンズバーグのいるニューヨークに向かった。バロウズが南米を訪れることはそれきり二度となかった。

6――ヤへの果実

喪失――

このようにしてバロウズは南米奥地のネガティヴな側面に追いたてられるようにしてヤへの探究を諦めて去っていったわけだが、決してその中から果実を得ていなかったわけではない。

ペルーを数日中に出発することに決め、リマでそれまでの手書きメモを整理して、時間貸しのタイプライターを使って解読可能なようにタイプしていた段階で、バロウズはそれまでのヤへ体験の中で最も強烈だったものを再構成してことばにまとめている――

これはまったく何にも似ていない。C〔コカイン〕の化学的な昂揚ではないし、非セックス的なジャンクの恐ろしく醒めきった停滞でも、ペヨーテの植物的な悪夢でも、葉っぱの楽しいばかばかしさでもない。これは全感覚に対する狂った圧倒的強姦なのだ。以下、ヤへ状態《ステート》＝国からの覚え書き――〔中略〕自分が女の機能をすべてそなえた黒人女に変わっていくのを感じる。肉体的には不能なのに性欲の発作がある。今度は自分が黒人男になっていて黒人女を犯している。〔中略〕完全なバイセクシュアリティに達している。男と女の両方に、交互に、あるいは思うがままになることができる。部屋は近東的かつポリネシア的で、不確定な場所なのによく知っている場所のように感じる。〔中略〕中東から南米へ南太平洋へという移住が行なわれたという系統発生論的な記憶を思わせるものがそこにはある。ヤへのスピリットが部屋を揺すっている、というのを前に言ったが、時空旅行の感覚が確実にあって、それが部屋を揺すっているみたいなのだ。絵が描ければすべてを伝えられるのだが。これは葉っぱのような社交的なキックではない。欲しいと感じるコンタクトは性的なコンタクトだけなのだ。こんな性的なキックを経験したことは一度もない。（8/VII/53）

バロウズがヤへを摂取した状態で経験したことをまとまって記述した部分は、残された手紙にも『ヤへ書簡』にも、これと、先の六月十八日付の断片的なイメージの羅列の一節以外にはほとんどない。『ヤへ書簡』にはなおさら少なく、今引用した一節さえ割愛されている。半年以上におよんだ長い旅、それもヤへを試してみることを最大の目標としていた旅でこれだけというのはまったく奇妙なほど少ない。ペルーでは六回やったと言いながら、書いたのはこれだけなのである。『ヤへ書簡』と銘打っておきながら、その核心にはがっくりするほどの空洞があるのだ。

それは何よりも彼自身が「絵が描ければ……」と書いているように、それを的確にことばにできなかったからだ。いかにも強烈過ぎて、豊富過ぎて、速すぎて、全感覚的すぎて、一列に並んで進んでいかなければならないことばによるナレイティヴに入りきらなかったのだ。一本の線に並ばなければならないという言語による表現の一次元性の中に、その多次元的な体験を収めきれなかった。いくら豊穣な体験を重ねてみたところで、それをことばとして利用できなければその体験は作家にとって役には立たない。バロウズは明らかに『クィア』の後半部分となるはずのヤへ体験を文章にする意図をもって南米を訪れていた。それを本にするために各地でタイプライターを入手したり時間貸しで借りたりして記録をギンズバーグに書き送っていた。ところがその焦点となる部分に到達したとたん、彼はことばにつまってしまった。書きとることができなかった。

この敗北感ないし徒労感こそが、バロウズがヤへの追究を諦め、南米をそそくさと去ることになった最大の原因だろう。

つまり、バロウズにとってのヤへの果実は、それのもたらす映像・幻覚・幻想そのものではなかったということだ。なにしろ、それは描き出せないのだから。それでは彼はそこから何を得たのだったか。
バロウズは先の引用の少し先でこう書く——

ヤへこそがそれ〔探し求めていたもの〕だ。これこそが他のドラッグがやると言われてきたことを本当にやってくれるドラッグだ。これはありうるかぎり最も完全にまっとうさ〔respectability〕を否定するのだ。想像してみてくれ、小さな町の銀行の頭取が黒人女に変身してしまって、種馬のような黒人男にセックスをしてもらいたくて狂乱して黒人街に飛びこんでいく。そうなったらもう二度と自尊心〔self-respect〕なんてものは取りもどせなくなる。[42]

ヤへに関するこの総括にこそ、バロウズがヤへを通じて獲得＝喪失したものが示され、作家としてのバロウズのその後の進路が暗示されている。その鍵は「respectability（尊敬に値する社会的評判）の完全な否定」という部分にある。

42——ちょうどこの同時代のリマとプカルパを舞台としているバルガス＝リョサの『ラ・カテドラルでの対話』のプロットの秘められた核心として機能している出来事が、まさにこれとそっくりの性的体験であることはきわめて興味深い暗合といえる。

バロウズ自身の書き方では、これは人がふだんの自分の人格から変身して、通常恥ずべきとされていることを行なうことによって社会的な体面を失い、それによって社会的通念の抑圧から解放されるという、ドラッグの効用を言っているようにまずは読める。ヤへのようなドラッグの使用が社会で全般化すれば、誰もが「まっとうさ」や体面を失い、その結果、誰も体面を維持するために欲求を抑圧することがなくなり、解放されるというわけである。たしかにこれこそ、多くのドラッグがやってくれるものと期待されていることだろう。そして、バロウズが『ジャンキー』の次に刊行することになる『裸のランチ』の中で扱われるいくつかの社会は、ドラッグの介在の有無を問わず、あらゆる種類の欲望と悪徳が当然のこととして行なわれ、respectabilityの感覚を完全に喪失した社会の戯画となっている。そこでは、物語の内部における（「内容」としての）「まっとうさの喪失」、つまり、「まっとうさを喪失した人物」「まっとうさを喪失した社会」が描かれているのである。

しかし、ヤへによる「まっとうさの喪失」はこのような「内容」面にとどまらない。人が別の人に変身するというモチーフもまた、『裸のランチ』を初めとするバロウズののちの作品にくりかえし出てくる「まっとうさを喪失した」特徴、現実原理を完全に逸脱した特徴である。最も明快なのは、『裸のランチ』の"A.J.'s Annual Party"に出てくるマークとジョニーのケースだろう。そこでは"'Wheeeeee!' he screams, turning into Johnny."（「「ひぃぃぃ！」と彼は悲鳴をあげながらジョニーに変身してしまう」）という一文のうちでマークがわけもなくジヨニーに変わってしまうのである（*Naked Lunch*, p. 89）。『ジャンキー』の中でも人が別のものになるという変身の片鱗は語られていた。語り手が犬になってしまう、植物になってしまう（p. 123）。あるいは、ジャンク世界の周辺にいるあるタイプの人物が昆虫に見えてきてしまう（p. 93）。しかし、『ジャンキー』においてはそれは実際に出来した事件ではなく、夢あるいは幻想として提出されるか、「昆虫みたいだ」という比喩であることがすぐに明らかにされる。それが『ジャンキー』の「まっとうさ」だったのである。現実と幻想を明確に区別のつくものとして提示し、幻想が幻想であることが誰にでも疑問の余地なく理解されるように注釈をつけておくのがリスペクタブルなことだった。ジャンキーは現実のものであるジャンクの現物につなぎ止められている人間、ジャンクの現実に従属している人間だから、夢と現、幻想と現実の区別をしっかりもっておかねばならないのだ。その点でジャンキーは現実原理の支持者であり、きわめてリスペクタブル、きわめてまっとう、きわめて保守的なのだ。そのような主題に合致して、『ジャンキー』という小説もまた、きわめてまっとうな形式、手法を守ったものとなった。

しかし、『裸のランチ』以後、提示のレベルにおいて幻想や変身譚にそのような峻別の枠組みは付与されなくなる。現実原理に明白に違反して、人は別の人に、あるいは別の生き物に、実際に変身したものとして提出されるのだ。バロウズは自分自身が「黒人女」に変身してしまうのを実際に体験してしまっていたのだから、そしてそれはことばにできないほどリアルなことであったのだから、もはや夢と現の間に、幻想と幻覚と妄想と知覚の間に、リアルさの優先順位をつけることができなくなったのだ。

そして、変身してよい、別の人になってよい、それもまたリアリティだ、というライセンスを得たことはバロウズにとって、いくら強調してもしすぎることがないほど大きな解放をもたらしたにちがいない。というのも、彼はヤヘによる変身を経験する前から、日々ひそかに「別のもの」になる経験をしていながら、社会的な規制とそれを内化した自己規制によってそれを表現するのを避けてきていたからだ。すなわち、自らのセクシュアリティである。

バロウズの性的パートナーの直接的な証言はきわめて限られているが、そのひとつがギンズバーグによるものである。五三年の七月に南米旅行を切りあげてペルーを発ったバロウズは、メキシコとフロリダを経由したのち、マンハッタンの東七丁目のギンズバーグのアパートに転がりこみ、そこでふたりは短期間ながら性的関係をもつようになった。バロウズの側が熱烈な愛情を示して、ギンズバーグが「友情から」それを受け入れた。ふたりは十年におよぶ友人であり、おたがいの性的嗜好について開けっぴろげに語りあう関係にあったが、性的・恋愛的関係になったのはこのときが初めてだった。そこでギンズバーグはバロウズの変身を目撃して驚愕したことを伝えている。ふだんは「自制のある、冷笑的な、男らしい」言動に終始し、女性化した同性愛者像（faggot）に対する軽蔑を隠さないバロウズが、「感情をさらけだす、エクスタティックな、情熱的な女」に変貌したというのだ。[43] それもただ単に性行為において「ネコ役」を好んだというだけではなく、「いつもの分別と控えめな自己表現のかわりに、感傷的なほどロマンティックな、涙ながらに哀訴するような弱々しい女性的ペルソナ」が姿をあらわした。何が男性的で何が女性的かという問題との混同を避ける言い方をするならば、彼は意識的に維持している自分の人格を裏切るものを内にもっていて、それを突然流出させたのである。しかも、そのアイデンティティの変容があまりにも完全なのでギンズバーグは当惑を超えて無気味さを覚えるほどだった。

バロウズの風貌や服装の趣味がまるで「銀行家」のようであったことはよく知られているところだから、この変貌とヤへの影響下での変身に関する先の引用との並行関係は明らかだろう。「銀行家」が自分を解き放って、女になる。体面を捨てて、手荒く犯してもらいに行く。バロウズはヤへの経験を契機として自分が性的な respectability を捨てられることを学んだのである。そして、その幻覚の中で予告されたものを現実の中で実現しはじめたのだ。それによって respectability や self-respect へのこだわりを切っていった。そして自分を掃除するように、幻覚も妄想も願望も現実も、すべて等価のもの、同じレベルのものとして書けるようになっていったのである。

むろんこのことは、変身というモチーフだけでなく、同性愛的性行為が以後の彼の作品

43 ―― Morgan, 1991, p. 230. ギンズバーグに対するモーガンのインタヴューに基づく。

の中心的なテーマとして扮飾されずに導入されるきっかけともなった。彼の南米旅行中にWilliam Leeという筆名のもとで刊行された『ジャンキー』では、「妻」への言及が数回あることからも見られるように、筆者リー、語り手リーともに同性愛者として規定されてはいない。同じく筆名下での発表を意識してヤへ体験以前に書かれ、しかし三十年以上発表されることのなかった『クィア』では同性愛が中心的テーマだが、にもかかわらず、一貫して性行為の描写がきわめてリスペクタブルに回避されている点こそが際立っている。これは『裸のランチ』がまず何よりもその奔放で規格外れの同性間の性描写ゆえに注目され、猥褻裁判の対象になるほどだったこととはまったく対照的だ。また、『クィア』では、「自制のある、冷笑的な」主人公リーが恋愛の成就しないことを悲観して「弱々しく」「感傷的に」涙を流す場面が数回あるが、それはかならず、人のいない自室にひとりでいるときに厳密に限られており、「自尊心を二度と取りもどせない」ような解放・変身は決して起こらない。『クィア』を書いていた旅行前のバロウズはrespectability喪失のライセンスを得ていなかったのである。

このような、複合的な意味での解放・変身こそ、バロウズが出発前に「事実の変更」(change fact)として予感していたものの内実だったように見えてくる。たしかにこれは、たとえようもなく大きな変更だった。

ルーティーンの獲得

　ここまでは主にテーマやモチーフの扱いという「内容」ないし「物語」のレベルに関して「respectability の喪失」をとりあげてきたが、もうひとつ忘れてはならないのが、「筆記の方法」あるいは「形式」においてヤへの体験が果たした役割である。この点に関しては「ルーティーン」と「ディクテーション」という側面から論じておきたい。

　そもそもバロウズはどうしてこれほどまでにヤへに興味をもったのだろうか。ヤへにどのような作用を期待ないし想定していたのだろうか。実際に摂取する以前の言及において特徴的なのは、ほぼ一貫してテレパシーとヤへとがセットとして口にされていることである。[44] バロウズはその幻覚作用や快感よりもまず第一にテレパシー能力を向上させるものとしてヤへに関心を抱いた。それは『ジャンキー』の末尾でも、『クィア』における初めてのヤへへの言及（p. 57）においても、また書簡（5/III/52, 15/V/52）においても明確に書かれている。これには、ヤへの主たる有効成分とされたハーミンというアルカロイドが当時、テレパシンという名前で紹介されていたことも関係しているだろうが、バロウズはヤへについて見聞きす

44――テレパシーとは人から人へと通常の知覚を介さずに伝達を行なうこと、ないしは「直感や感情といった非言語的なレベルでの接触」（*Junky*, p. 127）のこととここでは解しておく。

るはるか以前からすでにテレパシーや予知能力といった超常的な知覚に強い関心を抱いていた（たとえばI/V/50）。「自分の経験に照らして、テレパシーは実在する」という強い言明を彼はくりかえし書いており[45]、彼の友人たちもバロウズと妻ジョーンが家の中でテレパシー的伝達の実験を行なって「無気味なほど高い確率で」成功していたように見えたことを伝えている。[46]ジョーンが頭の中で思い描いた図形を、部屋の反対側にいるバロウズにテレパシー的に伝達して書きとらせるというゲームを目撃したルーシャン・カーは、バロウズよりもジョーンの方の送信能力が際立っているという印象を受けたという。そうだとするなら、その能力が劣っていて向上させたいと思っていたバロウズが「テレパシン」に飛びついたのも不思議ではない。彼はヤヘによって、テレパシーに関する「利用可能な知識[47]」が得たかった。そのために出かけていった。だからこそ、コロンビアでの最初の不完全な体験ののちにも、ヤヘが「テレパシー・ドラッグ」であることを確認するのにこだわったのである（12/IV/53, 22/IV/53）。

ではバロウズはテレパシーによって何をしたかったのか。彼はただ単に「別の次元」を経験したかったのではなく、「利用可能な知識」のきわめて具体的な利用目的を想定していた。それはまず何よりも、言語的に伝達しにくいことを他者に伝達することによってその人とのコンタクトを確立すること、つまり、端的にいえば、恋愛を成就させることだったのである。「人の愛を無理やり手に入れる」（4/VI/52）ための手段、一種の「黒魔術」としてテレパシーを「利用」したかったのだ。[48]

たかが恋愛のために、「人との接触《コンタクト》」のためにテレパシーの援用を考えるくらいだから、バロウズの恋愛は行きづまっていた。一九五一年前半に始まったマーカーとの関係は破綻していたが、二度目の南米旅行に出発する直前までバロウズは彼との関係修復の可能性にはかない希望を寄せていた。それが結局修復不能であることが判明したのと、バロウズの五三年のヤへ旅行の開始は連動していた。テレパシーの力の助けがなければもはや自分は愛を得ら

45 —— "I know from my own experience that telepathy is a fact." (*Junky*, p. 127) "I know telepathy to be a fact, since I have experienced it myself." (*Queer*, p. 57)

46 —— Morgan, 1991, p. 177. ルーシャン・カーの言明に基づく。

47 —— "usable knowledge of telepathy"という表現は『ジャンキー』と『クィア』でまったく同一である。*Queer*, p. 57; *Junky*, p. 127.

48 —— それはもう一歩先まで進めれば、人の心をコントロールする方法ということにもなり、『クィア』ではアラートンに対してヤへをそのために使いたいと冗談ではほのめかしている（p. 89）。また、国民を統制する道具としての可能性に着目してソ連やアメリカ合衆国が秘密裡にヤへの研究を進めているらしいという、バロウズが関心を寄せた情報にもつながってくる。一九六〇年代のバロウズは実際に黒魔術的な方法によって敵をくじく、コントロールする、あるいは呪いをかけるといったことを研究し、実地に行なっているが、五〇年代前半には恋愛の時代を生きていて、ネガティヴな利用は「間違った道筋の行きつく果て」として批判している（4/VI/52）。

れない、と考えながらバロウズは旅立ったのである。バロウズは他者と本当の意味での接触をもつこと――要するに愛――に生涯を通じてこだわり続けたが[49]、思春期以来、恋愛が成就しないことに激しく悩んだことは自分の左手の小指を切り落とした事件[50]や、ブラッドシンケルのルーティーン（*Yage Letters Redux*, pp. 5–7）などから想像できる通りである。

ただし、「非言語的」な方法を求める前に「言語的」な方法が尽くされていなかったわけではない。『クィア』そのものが「マーカーのために書いた」（6/X/52）ものだったことはもとより、『クィア』の中で初めて作品の要素として使われた「ルーティーン」もまた、出発点においては恋愛の相手の関心を惹くための言語的な手段だったことは見逃せない。

バロウズが最初のうちはskitとかfantasyと呼んでいて、やがてroutineと呼びならわすようになったものは、一種の誇張された皮肉な小噺のことだ。破天荒に展開するストーリーをもったある種のジョークないし架空の体験談であり、相手を笑わせることによって「コンタクト」をとろうとするものだった（23/V/52）。『クィア』の中で最も典型的な例としてあげられるのは「石油屋のルーティーン」、そしてこれと連結した「中古奴隷屋のルーティーン」（*Queer*, pp. 43–45）、「チェス名人のルーティーン」（pp. 69–70）、「チェス名人のルーティーン」（pp. 70–73）である。石油屋のルーティーンは『クィア』の物語の中でも、明らかにアラートンとの親密な会話の糸口を作るために、その場の状況とはまったく無関係な小噺としてリーが口にするものだ。また、あとのふたつは、アラートンとチェスをしている親密な女性との間にできあがっている濃密な空気を邪魔するためにリーが即興的にわざと野卑に語りはじめる架空体験談である。石油屋のルーティーンは功を奏してリーがアラートンと親しくなるきっかけとなるが、中古奴隷屋のルーティーンは逆効果で、絶好調でリーが話し続けている最中にアラートンらは店を出ていってしまい、言語的なコンタクトの試みが効かないことが判明する場面を構成している。この三つ以外にも『クィア』にはもっと短い萌芽的なルーティーンがいくつもあり、リーは大事なことを伝達しようとするたびに小噺化することによってパーソナルさの度合（個人的な打ち明け話めいた性質）を薄めて、相手の抵抗感をやわらげようとする。架空の体験談としてのルーティーンには、自分でない人になってみせるという遊びの側面があり、自分の願望を、笑うべき他人事として提示できるからだ。

また、現実のマーカーに対しても、バロウズは実際に「一番できのいいファンタジーやルーティーンを書いた手紙を五通も六通も」送って関係を修復しようとしている（4/VI/52）。また、中古奴隷屋のルーティーンに関して、「ファンタジーに満ちたこの向こう見ずな陽気

49——彼の死ぬ前日の日記が“Love? What is It? / The most natural painkiller what there is. / Love”（「愛とは何だ？ この世で一番自然な痛み止め。愛」）と締めくくられていることはよく知られている（*Last Words*, p. 253）。

50——Morgan, 1991, p. 75.

さを得ることがなければ、マーカーは［二回目の］南米に一緒に行くのを拒否していたはずだ」（23/V/52）と書いているように、ルーティーンは現実においても、相手の愛を「無理やり手に入れる」ための「黒魔術」ないし「利用可能な技術」として使われていたのである。

Routineとはもともとの意味では、「何度もくりかえされるお決まりの手順」ということだから、それを詐欺師とかヘロインの売人とか詐欺まがいのセールスマンなどが使えば「カモをだますためのお決まりのストーリー」とか「いつもの手口」「十八番」というような意味になる。あるいは「女を口説くいつもの台詞」みたいなことにもなる——だから「アラートン＝マーカー口説き」に「ルーティーン」が使われたのである。

このように実生活において実際に利用されていたものが作品内に流用されていった『クィア』のルーティーンは、いずれも語り手が明らかであり、登場人物リーが語った「台詞」であることが内容的にも形式的にも疑問の余地なく確定されている。そこには「I」（私）という語り手が必ず登場して、そのルーティーン全体の出どころ、ないしはレファレンスの基準点が明確にされているので、その内容の遊戯性や虚構性は誤解なく理解されるのである。

ディクテーションの到来——

ところが、二回目の南米旅行に出てからルーティーンは「受け取り手の愛を手に入れる」

という当初の目的を失う。それが開発された当初の「受け取り手」、アラートン＝マーカーがいなくなってしまったのだから当然のことといえる。そして、目的を失ったルーティーン産出のメカニズムは自動化して高速で空転しはじめる。バロウズが「ディクテーション」と呼ぶ状態である。ディクテーションとは、語学・綴り字の練習方法としては最近はまるではやらないようだが、先生が読み上げている文章を一字一句もらさずに聞き取ってそのまま紙に書きとめていく作業のことだ。ただ、ここでは、誰かが実際に読み上げているわけではないのに、まるで聞こえてきているかのように、書き手が作為を介在させずに高速で書き出していく状態のこと、あるいは、自分ではわからない何者かがルーティーンを発生させて送りこんでくるので、聞き手の有無に関らず、語り手不明のままバロウズの口からそれが自動的に排出されていくような状態である。それは、受け手・聞き手として想定されていたアラートンが立ち去ったあとの無人の飲み屋でリーが暴走して口にする中古奴隷屋のルーティーンが、「ディクテーションのように出てきた」（*Queer*, p. 70）とされることで予告されていたものだ。

受け手に対して効果を発揮しない「五通も六通も」のルーティーン手紙を経て南米に旅立ったバロウズは、旅の途中、コロンビアでの一回目のヤヘ体験の前後から、シュルテス博士らとの奥地紀行をスラップスティック的な誇張を交えたルーティーンとしてギンズバーグに書き送りはじめる（たとえば12/IV/53）。「私」を基準点とする虚構化された体験談としてのルーティーンの変種である。そこでは受け取り手としてギンズバーグが意識されてきているだろうが、まだギンズバーグは口説かなければならない相手ではないから、両者の関係は曖昧で、ルーティーンの「目的」も定まらずに浮動している。

ところが、ペルーに入ってから、バロウズは初めて目的からも受け手からも完全に独立したルーティーンといえる“Roosevelt After Inauguration”[51]（「就任式直後のルーズヴェルト」）を書く。これは書かれた時点ではskitと呼ばれていたから、「口説き」のルーティーンとは少し違ったものとして意識されていたのかもしれない。[52] 実際、『クィア』のルーティーンは語り手の存在が必ず意識されているものだったのに対して、こちらは語り手不明で、誰が何のために語っているのかという「私」の枠組みを一切あたえられないまま、荒唐無稽な架空の出来事を揶揄的に外から描き出し、独立した短篇のように放り出されている。

これを書いた一か月ほどのちにバロウズはプカルパで決定的な二度目のヤヘ体験をして、「ヤへこそがそれだ」（8/VII/53）と書くことになる。しかし、すでに述べたように、その現場で彼はその幻視を五行程度の断片的なことばにすることしかできなかった。そしてリマにもどってから、計六回におよぶヤヘ摂取の経験を総合して先に引用した報告を書いた。そこでは半ページ以上にわたって、映像や感覚がもう少し細かくことばに定着されるとともに、「変身」体験など、ヤへの作用が帰納的に紹介されている。

しかし、その過程であれほど重要なテーマだった「テレパシー」への言及は一切ないのである。コロンビアを出国した際、「テレパシー・ドラッグだと思うが確信はもてない」ので、彼はさらなる調査をペルーで試みることにしたのに、ペルーに来てからはテレパシーの問題は置き去りにされているのだ。衝撃的な体験はできた。幻覚も見えた。しかし、ことばを生み出すような「ディクテーション」をヤヘはもたらさなかった。テレパシーには結びつかなかった、テレパシー・ドラッグではなかった、ということなのだろうか。おそらく、そう思ってバロウズはテレパシーには言及せずに南米を引きあげる用意を始め、切符の手配まですませたのである。

ところが、二日後に出発をひかえた一九五三年七月十日、バロウズはリマの町でフラッシュバックのようなものを経験する。ヤヘを摂取したわけではないのに、それに近い奇妙な精神状態になって、「まるでディクテーションを受けているかのように」(10/VII/53) 突然文章を書きはじめたのだ。

そのようにして彼はリマの街角のカフェで、やがて『裸のランチ』の"The Market"のセク

51——これはアメリカ合衆国では掲載禁止等の処分にさらされたのち、アンダーグラウンド的な出版を別にすれば、『ヤヘ書簡』の一九七五年改訂版に初めて収録された。

52——"Roosevelt After Inauguration"をバロウズは「夢想したスキット」"a skit I dreamed up" (23/V/53) と呼んでいるが、I dreamed とI dreamed up の差からして、ただ「夢で見た」というのとは違い、夢想を素材にした意識的な作業・作品作りが確かにあったことがうかがえる。

ションの主要部分となるものを書きあげた。[53] それは『裸のランチ』の重要な舞台背景となる「インターゾーン」の特徴である、複数の文化が混淆・重複して透けて見えるような「コンポジット・シティ」のイメージを確定させた部分であり、いわば『裸のランチ』の舞台の性格を規定するような重要な働きをする、まる二ページ以上の、映像に満ち満ちた語り手不明の架空旅行記的なルーティーンである。そこにもまた語り手の「I」(私)はない。

『裸のランチ』のテクスト内では、この部分は「ヤへ酩酊状態で書かれた」という注釈が付されている(*Naked Lunch*, p. 99)が、今述べたように、このセクションのもとになったものが書かれたのはヤへの酩酊状態にあったときではない。それが書かれたのはヤへをやっていないとき、二週間も前にプカルパで取ってきて、効果がないことをすでにさんざん確認しているヤへの抽出物を前の晩に飲んで、やはり効果がないのにがっかりしながら寝て、翌朝起きて、旅立ち前の用事をすませるために半日忙しく効率的に町を駆けまわったあとのことなのだ。その内容が先に引用した幻覚の描写と一部のモチーフ(部屋の揺れ、ポリネシア、中近東など)においてつながっていることは疑いないが、書かれた段階では、「これはヤへ酩酊である」という枠組みはなかった。

それを書き送った手紙の中でバロウズは、それが「テレパシー的接触の錯覚、あるいは実際のテレパシー的接触」("the illusion or actuality of telepathic contact")によるものだったと述べている(10/VII/53)。ペルーに来て以来、ここで初めて「テレパシー」がもちだされてくるのだ。何者かが送信者となってテクストをテレパシー的にディクテーションしてくる、それを自分は書きとめている、というとらえ方で、ここで初めてテレパシーとルーティーンとがディクテーションを介して結びついたのである。

くりかえしになるが、この「テレパシー的」「ディクテーション」をバロウズはヤへをやっていないときに受けた。ヤへの実用性をすでに諦めていた時点で受けた。

つまり、バロウズのヤへ探究は、ヤへの運搬不能性と言語化不能性によって現実的には失敗に終わったのかもしれないが、バロウズは当初からヤへに求めていた「テレパシー」を、語り手不問の、受け取り手不問の、作品としてのルーティーンというかたちで手に入れることになったのである。バロウズは思い違いをしていた。彼はテレパシーの送り手になることでテレパシーを利用したいと思って苦悶していたのだが、実際には受け取り手になることでそれを利用できるようになったのだ。それの「利用可能な技術」としての形態がルーティーンだったのである。

あるいは、同じことになると思うが、彼は自分の中に送信者と受信者の両方がいることを

53 ——これは手紙（*Letters*, 10/VII/53）としてギンズバーグに送られたのち、『ヤへ書簡』のために加筆延長され（*Yage Letters Redux*, pp. 50–53）、そのほとんど全部が若干の修正とともに『裸のランチ』に収録されている（*Naked Lunch*, pp. 96–99）。

ここで発見したのである。変身可能な複数の分裂した主体の間のコミュニケーションがテレパシーであり、ひとつの主体から別の主体へと、自由に飛び移りながら、その相互間のテレパシー的コミュニケーションを取り出す方法がルーティーンだったのである。[54]

与太話のむずかしさ――

ところで、バロウズの作品が一般にわかりにくいという評判をとる大きな原因のひとつが、実はこのルーティーンというもののとらえどころのなさである。

ルーティーンは、すでに述べたように、まず、基本的には口で語られることを出発点とした誇張された悪趣味な「与太話」だった。口で語られる段階では、口調や声色、抑揚や速度などによって、文章になった段階では存在しない情報が聞き手に伝えられるわけであり、それによって、誰が誰に向けて、どんなシチュエーションでその話をしているのかがかなりの程度明らかになる。ところが、文章になった場合、語り手がどんな声色で、どんなタイプの言説のパロディを目指して話しているのか、明らかになりにくい。だから、バロウズの作品はしばしば、作者による朗読を聞いて初めて納得できたり理解できたりするといったことが起こるのである。

そうしたルーティーンにおいて語り手は、誰か別の人物のアイデンティティをまとって語る（騙る）場合が多く、それが、禁酒法時代の酒場の会話という体裁をとっていたり、一九三〇年代のラジオのアナウンサーのパロディだったり、あるいは、ジャンキー、プッシャー、こそドロ、ホモセクシュアルといったサブカルチャー的存在の口を借りていたりして、けっしてストレートに口にされてこない。おまけに、それは「語り」だから、ト書き的な説明はたいがい省略されている。しかも、バロウズは耳で聞いたことばに関する記憶力がひじょうによく、しばしば、実際にどこかで見聞きしたリアルな（現実に使われた）フレーズをそのまま文章のなかにとりこんだ。それは文法的な誤用を含んでいる文である場合も多く、しかし、その具体的シチュエーションにはぴたりとはまった語法で、その現場においては明確な意味を発生させることができたフレーズなのだが、シチュエーション抜きでそれを提示されると解釈に困るような場合が出てくるのである。

したがってこれは、カットアップのわかりにくさとはまったく別の次元の「文化的な」わかりにくさといえるだろう。カットアップは意図的に文章を分断し、意味を切断してあるわけだから「意味」を理解できにくくて当然なのだが、ルーティーンのほうは、文章の意味はわかるのだが、それがどういうノリなのかわからないために、全体としてそのルーティーン

54——マーフィーは「主観の分断化あるいは複数化によって、主体と客体の両方を経験できる」ようになった、と分析している（Murphy, 1997, p. 65）。

の目指すところ、そのおかしさが把握しづらいことがあるのだ。ルーティーンは与太話だからまず第一に「ファニー」（可笑しい）であることを意図しているのだが、「可笑しさ」の感覚は「悲しさ」や「怒り」などとくらべて文化的に規定される側面がずっと強いので、ある種の「文化」を共有していないと全然おかしく感じられない。「悲劇」よりも「冗談」のほうがずっと伝わりにくいのと同じことだ。

芸術のプラグマティズム――

バロウズの旅は知識欲に駆られたものではなく、また、いわゆる体験を蓄積することを目指すものでもなかった。彼はいつももっと具体的な効果を求めていた。彼は自由のパトロールをしながら、どこにもない自分の居場所を探す一方、自分を変えてくれるもの、効果・変化をもたらすものを探していたのだ。知識や体験は、変化をもたらすのでなければ意味がない。この旅が「「事実を変更する」最後の試み」かもしれないと予感して言っていたのも、それをいつも念頭において、求めていたからだ。

また、こう書いた次の手紙の中でバロウズは、おそらくこの「事実を変更する」という一節をギンズバーグのために解説して、「僕は超越というようなタームで考えていたわけではなく、実際的な変化ということを考えていたのだ。何らかの新しい利用可能な技術［の獲得ということだ」」(4/VI/52)と書いている。ギンズバーグが「超越的な変化」と解釈したのに対して、バロウズは「実際的な変化」ときわめて即物的に言い換えて、現状を変える、膠着している現状を変える、そのための技術を入手するというぐらいの意図だったということを強調しているのだ。するとこれは、要するにマーカーとの関係の修復というような、きわめて具体的なことを意図していたようにも見えてくる。

旅や体験や知識に関するこのような、非常に具体的な、プラグマティックなアプローチは、文学作品、あるいは芸術全般に対する彼の態度と明らかにつながるものだ。

書くことの目的とは何かを起こすことだ。
私たちが「芸術」と呼んでいるもの——絵画、彫刻、文章、舞踊、音楽——は、起源においては魔術的なものだった。つまりそれは、きわめて具体的な効果が生じることを求める儀式の目的で利用されていたのだ。[55]

こう彼が明確に書くのは一九八〇年代初頭、「生まれて初めてのライターズ・ブロック」を克服するためにエッセイを書く練習をしていたときだが、「何かを具体的に獲得・達成す

55 —— "The Fall of Art," *The Adding Mahine*, p. 60

るために作品を作る（使う）」という態度は、ブライオン・ガイスンの影響で「魔術的な効果」ということに取りつかれて、その具体的な実践としてカットアップなどの実験を始めるパリ時代（五〇年代末）よりずっと前から見られたのだ。

たとえば、ニューヨーク時代、まだ学生だったギンズバーグとケルアックは、知り合ったばかりのバロウズがその場その場の会話のテーマに応じてシェイクスピアの一節を的確に引用して暗誦してみせることに魅了されたことを書きとめている。バロウズにとって、シェイクスピアはそのように、人間性に対する洞察の記録として具体的に利用されるべきものだったのだ。

また、すでに見たようにルーティーンはボーイフレンドの関心を引き、会話の糸口を作るための小道具として最初に開発され利用されたものだった。……その目的は「狩りの成功」だった。その時点でバロウズはまだ、それが文学作品へと発展しうることを意識していなかったようだが、それだけにかえって、「芸術自体を目的とするものではなく」、「きわめて具体的な効果をもたらすこと」[56]を目的としていたという点で、「芸術の起源」（あるいは「起源の芸術」）に近い性質のものだったといえる。そこからふりかえって考えれば、いま言ったシェイクスピアの「利用法」というのも、若いケルアックとギンズバーグを印象づけるという「具体的効果」を想定したものだったことがわかる。

マーカーとの離別後、ルーティーンの向かう先はアレン・ギンズバーグになる。自分のなかの妄想や幻想をなんらかのかたちで排出しなければならない、いわば「作家病」になってきた『ジャンキー』『クィア』以降のバロウズは、アレン・ギンズバーグを受け手として、手紙でルーティーンを書き送るようになる。もともと『ジャンキー』も『クィア』も、できあがった部分から順次ギンズバーグあてに送ったものだったのだし、もっと書くようにと常々励ましてくれていたのがギンズバーグだったから、バロウズはギンズバーグあてに文章を書くのには慣れていた。ギンズバーグなら何を書いても理解してもらえるという安心感があった。そこで二度目の南米旅行中の手紙は、ごくふつうの手紙文から次第にルーティーンへと転じていった。口でしゃべられるもの（口説き文句）だったルーティーンがこれによって、はじめから文章であるルーティーンへと転じていくことになった。ギンズバーグという、理解力があって寛容な読み手を得ることによって、ルーティーンは制作の方法としての出口を見つけることができたのだといえる。

　ところが、ルーティーン誕生のいきさつからして当然のことなのかもしれないが、その手順を逆転した奇妙な内的論理によって、バロウズにとってアレン・ギンズバーグは、ルーティーンの受け取り手から次第に愛情の受け取り手へと転位していくのだ。ルーティーンのやりとりが、愛情のやりとりという「具体的効果」を生じさせ、手段と目的の逆転が生じてい

56 —— Burroughs and Gysin, 1996, p. 79.

ったのである。

事実のレベルの混乱――

このように見てくると、半年以上におよぶバロウズの二回目の南米旅行は、労多くして実り少ないものであったと見なされがちであるのに反して、その後の作品を形づくるうえで決して欠かせない豊かなものであったことがわかる。

まず、respectabilityの喪失を最終的に肯定できるようになったのがこの旅の成果だった。彼はそれ以前から、社会規範の逸脱者となることを目標としたとは言えないまでも、逸脱を厭わないことを指針として生きていた。性的な逸脱者として、薬物常用者として、法制度からの逃亡者として。中でも彼にとって最も大きな課題だったと思われる自らのセクシュアリティの表現に関して、その表明のなかった『ジャンキー』から、それを中心にすえた『クィア』へと、たしかに殻を脱ぎ捨てようとしていた。しかし、faggotではなくqueerという呼び名にこだわったことに見られるように、「男らしいホモセクシュアル」と見なされることに固執することで最後のrespectabilityは維持していた。ところが「黒人女になる」という体験を通じてその障壁(self-respect)に穴をあけはじめた。そしてそれがついに、彼のことを先輩として尊敬しているギンズバーグの前での変身を可能にした。そして、「いかにでも変身しうる人間」という視点が主人公の人格的統一性という古典主義的な文学規則を破らせることになっていくのである。

そこからまた、幻覚や夢想がまったく何の枠組みもなしに、現実と区別されることなく並列のものとして提出できるようになる。旅行前の五二年六月の手紙では、幻覚を見ることが狂気なのではなく、幻覚と現実の区別を失うこと、「レベルの異なったものを混同すること(confusion of levels of fact)」が「狂気(madness)」であるとされ、この狂気は批判されるべきものだった(4/VI/52)のだが、ヤへの幻覚を通じて彼はこの狂気を積極的に受け入れていくようになるのだ。『ジャンキー』と『クィア』に「レベルの異なったものの混同・混乱」がないことが明らかなのと同じように、その「混同・混乱」がなければ『裸のランチ』以後の作品がまったくあり得なかったことも明らかだろう。

Respectabilityの喪失は形式にも当然、波及していく。「狂ったもの」、「レベルの異なったものの混乱」を作品の中に導入するにはそれにふさわしい形態が必要になってくるからだ。そのために活用される形態がルーティーンだった。

『クィア』においてはルーティーンは登場人物の分裂や狂乱を表現する台詞という地位に留めおかれ、作品の構造には影響を及ぼさなかった。バロウズのいう"straight narrative"、理非の秩序を尊重した伝統的な語りがしっかりと維持されていた。形式はstraightでrespectableであって、決してqueerではなかった。登場人物は狂っていても語り手は決して狂わなかった。

狂気は登場人物に局所化され、全体には波及しなかった。

その形式上のrespectabilityを破るのが、口説きの道具というまっとうな目的から解き放たれたルーティーンだった。ルーティーンは登場人物から離れることによって、現実につなぎとめておくものがなくなる。「事実のレベル」の差異を考慮する必要がなくなる。それは「レベルの異なった」ものを何でも流しこめる万能の器になる。この器を手に入れることによって彼は作品に「事実のレベルの混乱」を放りこむことができるようになった。実際にそれができるようになるまでには、ヘロイン依存症を処分するまでの五年ほどの年月が必要になるわけだが、道具立てはペルーを引きあげた時点ですでに手に入れていたのである。

旅のゆくえ――

このようにしてバロウズは、さまざまなレベルで「事実を変える」ことに成功し、自らの予感していたのとはだいぶ異なった収穫を手にすることになった。けれども、自由のパトロール、行き先探しというもうひとつの目的の面では、南米旅行はまたも失敗に終わった。コロンビアの奥地においてすら警察権力が肥大していて、確実に「コントロール」が行き渡っているのを目にすることになったからだ。また、行く先々で、このままその場所にとらわれになって脱出できなくなるという恐怖感にくりかえし襲われたからだ。彼は南米ではメキシコのことを懐かしく思うほどだった。というか、その後、ヨーロッパでも、タンジェでも、彼は不快な出来事に遭遇するたびに、「どうしてメキシコに留まらなかったのか」と後悔の念に襲われることになる。実際にメキシコにいたときには不平もこぼしたものだったが、それほど彼にとってメキシコは居心地のいいところで、ある意味で、以後、土地のよしあしを計る基準のような役割を果たすことになった。

『クィア』のエピローグの一節にはこうある——

メキシコ・シティは時空の旅のターミナル駅だ。列車を待つ間に急いで一杯ひっかける待合室のような。そういうところだから、私はメキシコ・シティとニューヨークなら、いても我慢できる。閉じこめられていないからだ。そこにいるということ自体、すでに旅なのだ。(*Queer*, p. 119)

南に行けば行くほど自由度が拡大していくという西部劇的な幻想はこうして決定的に破られたのだった。

南に行くのでなかったらどこに行くのか?

バロウズはどこに行けばいいのかわからなかった。

そこで彼はニューヨーク時代の友人アラン・アンセンの誘いに乗ってヨーロッパに行くこ

とにした。今度の旅も、自由探し、行き先探し、という目的の点では一貫したものだったが、目的地が決まっていないという点ではまったく新しい種類の旅だった。今回は偵察なしで出かけていったのである。

第III部

インターゾーン

7――タンジェリーン

見出された町――

二度目の南米の旅を終えたバロウズは、メキシコから、結局モロッコ北端の町タンジェへと移り住むことになった。その移住の基本的な動機が逃亡だった点は以前の旅と共通しているが、タンジェが行き先として選ばれた理由は、それまでの移住とくらべるとずっと不明確だ。

メキシコは妻を殺害して公判前に逃亡した場所だったから法的にいられなかった。ヤへは保存がきかず、森の外に持ち出すと効果が失われることがわかったので、リマなど南米の都市に暮らすというのもあまり意味がなかった。アメリカ合衆国には法的にはルイジアナ州以外ならいられたが、両親と息子ビリーの住むフロリダには、親の体面を考えるといられなかった。

そこで彼は、アレンのニューヨークのアパートでしばらく暮らしてみることにするのだが、じきにバロウズは「ルーティーン＝愛」の受け取り手ギンズバーグから、愛情の受け取り手としての役割を拒絶されてしまう。

行き場を失っていた当時のバロウズにとって、ギンズバーグは、感情的にも、物書きとしての自分を確立する上でも、ほぼ唯一頼れる相手だった。ルーティーンのやりとりによってその絆は不可侵なものになったはずだった。それだけに、ギンズバーグに拒絶されたことは、根本的に人恋しくてしかたがなく、愛している人間と完全に合体したようなシンビオーシス的関係を希求しているバロウズにとっては、もうその場にいられないほど決定的なことだった。そのため、彼はわずか三か月ニューヨークに滞在しただけで、一九五三年十二月、傷心を抱えたまま、自分にとってまったく新しい土地を求めて旅に出た。

ニューヨークのコロンビア大学周辺でギンズバーグやケルアックと遊んでいたころからの知り合いである古典文学ディレッタントのアラン・アンセンとともにローマにしばらく滞在したのち、バロウズはローマに嫌気がさして（歴史的建造物にとくに興味はなかったし、怪しい世界とのコネクションができなかった）、いわば海の対岸にあるタンジェに渡ることにしたのだが、彼はタンジェがどんなところなのかとくによく知っていたわけではないようだ。ただ、当時、一部で評判になっていたポール・ボウルズの小説は読んでいたらしい――『シェルタリング・スカイ』と、出たばかりの『雨は降るがままにせよ』だ。どちらもモロッコを舞台とし、『雨は降るがままにせよ』はマリワナによる意識の変異を大きく取り扱った小説だった。

東部の名家に生まれたボウルズはバロウズの四歳年上で、以前はメキシコに暮らしたことがあったが、戦後はずっとタンジェに住んでいた。彼は当時は作曲家としての名声のほうが高く、有名な作家というのではなかったが、ニューヨークの文化人ソサエティでは妻ジェインともども才気あふれるカップルとして名高く、スタイリッシュな芸術家肌として知られる「異邦派」だった。『ジャンキー』と『クィア』を書いて、作家としての人生を考えはじめていたバロウズは外国暮らしを続けるポール・ボウルズのキャリアに興味を覚えていたのかもしれない。ただ、異国情緒とか異文化体験というようなものは、ボウルズにとっては重要な要素だったが、バロウズにとってはまったく二次的なものでしかなかった。「目的意識」のはっきりしている彼は、目的の追究以外ではどこに行ってもその土地の現地コミュニティに深く入りこむことをしない人だったからだ。

タンジェという名前は、このように、バロウズにとってまったく知らないものではなかった。しかも、一九五三年の十一月には、『タンジェ行きのフライト』（*Flight to Tangier*）という映画が公開されている。これはジョーン・フォンテーンとジャック・パランスという当時のスターが主演する政治犯罪活劇で、物語のうえでは、タンジェが冷戦下で東西両陣営のエージェントが交錯する中立地帯であることが利用されていた。五二年から五四年は3D映画の最初のブーム期だったため、この作品も３Ｄで公開された。その封切りはバロウズのニューヨーク滞在中のことなので、彼がこの作品を目にし耳にした可能性はある。実際に彼がこの映画を見たかどうかはともかく、少なくとも、タンジェという地名は、この時期、メジャーな映画の題名になることができる程度に知名度があるエキゾティックなものだったのである。

　バロウズはおそらく、行き先を探す旅の途中のつもりで、歴史の重さに押しつぶされたローマから聞き覚えのあったタンジェへと逃げこんだ。タンジェが彼の嗜好にとってきわめて好都合な場所であることは事後的に発見されていくことになったのだ。少なくともそこでは、バロウズが使い慣れていたスペイン語が通じたし、メキシコにもまして生活費が安かったので好都合だったのである。[57]

　しかし、もう少し面白い言い方をすることもできる。

　タンジェは『裸のランチ』の中で描かれる、複数の時間や空間が重層的に交錯するコンポジット・シティ（複合都市）のイメージを提供した町だというのが通説になっている。しかし、すでに見たようにコンポジット・シティのイメージはすでに南米で、「ヤヘの国＝ヤヘ状態」の体験によって彼の中に生まれていたものだ。それは『ヤヘ書簡』のもととなる手紙ルーティーンをギンズバーグに書き送る過程で発展してきていた。バロウズは手紙の中で次のように書いていた——

一か所に閉じこめられている滞留感の恐怖に襲われないですむのは僕にとってはメキシコ・シティとニューヨークとリマだけだ。［この三つの都市が］僕のヤヘの夢の中のコンポジット・シティをなす。（8/VII/53）

ヤヘは時空の旅だ。部屋は移動していて、揺れて振動しているみたいだ。いくつもの人種の血と肉――ニグロ、ポリネシアン、山岳モンゴル、砂漠遊牧民。多言語使用の近東的・インド的なもの、いまだ孕まれず生まれていない新しい人種や、まだ実現されていない組み合わせが、お前の体の中を通り抜けていく。お前は移住し、ジャングルや砂漠や山脈（滞留感と死の漂う閉ざされた山合いの村では、お前のちんぽこの先から植物が生え、巨大な甲殻類がお前の体内で孵化して育ち、お前の体の殻を突き破って出ていく）を越えて信じがたい旅をして、太平洋をアウトリガーのカヌーで渡ってイースター島に行きつく。コンポジット・シティ、近東、モンゴル、南太平洋、南アメリカのあわさったようなそこでは、人間のポテンシャルのすべてが広大な沈黙の市場に陳列されている。［中略］

モスクの尖塔、椰子の木、山岳、密林。［中略］

彼らの背後、ドアを抜けると、テーブルやブースやバーがあり、部屋や調理場、阿片吸い、ハシシ吸い、人が食事をしている、しゃべっている、水浴びしている、糞している、煙と湯気の霞の中に。そして博打のテーブルでは、途方もない相場で賭けが行なわれている。金が賭けられていることはない。ときおり、プレーヤーのひとりが非人間的な絶望の悲鳴をあげて飛びあがる――賭けに負けて、若さを相手の老人に巻き上げられてしまったのだ。［中略］

57 ――ミシェル・グリーン『地の果ての夢タンジール』（一九九四年）にはこうある（一部訳文の表記を変更した）――

「［一九四〇年代末のタンジェでは］家柄のよい外国人は働く必要もなかった。たとえ小額の遺産であろうとも、かなりの贅沢を極めることができたからである。モロッコ人の召使いなら一日五〇セントで足りたし、湾の壮大な景色を見渡せる広々としたアパートは、一か月一〇〇ドルで手に入れることができた。ヨーロッパ風の極上のレストランで一日三食コース料理を食べたとしても、わずか二ドルかそれ以下。気取った優雅さをもつミンザ・ホテル［中略］の一室は一晩たった一〇ドルで、それほど豪華でないホテルならば、一泊してもせいぜい一ドル五〇セントで間に合った。」（三五頁）

「一九五四年、タンジェが雨期に入ろうとしているころ［中略］バロウズは［中略］宿に落ちついた。［中略］一部屋につき一日五〇セントだった。」（一九四頁）

「［一九五六年ごろに民族主義運動が激しくなると］メディナに住むことが安全だと考える者はほとんどいなくなった。バロウズでさえ新市街に引っ込んだ。［中略］ヴィラ・ムニリアに月一五ドルの条件で移った。」（二三八頁）

あらゆる国の食料を調理する匂いが町の上に漂い、阿片とハシシの霞、ヤヘを煮るねばついた赤い煙、ジャングルと塩水と腐った川と乾いた糞と汗と性器の匂いが滞っている。高山の笛とジャズとビバップと一弦のモンゴル楽器とジプシー木琴、そしてアラビアのバグパイプ。町は暴力の伝染病に襲われ、放置された死人は通りで猛禽に食われる。葬儀や墓地というのは許されていない。［後略］（10/VIII/53）[58]

まさに『裸のランチ』の要約のような部分だが、これを彼はペルーのリマで書いていたのだ。

このようにして「ヤヘの国」の幻想の中でできあがっていたイメージを、彼はあとからタンジェにあらためて見出すことになったのである。それはまったく幸運な出会いで、あたかもタンジェの町がこのイメージを遣わして魔術的に彼を呼び寄せたかのごとくだった。むろん、このような着想をすでにもっていたからこそ、バロウズはタンジェにそれをあらためて見出すことになったのだ。

それまでの旅はすでに彼の中に確立されていた知識やイメージや目的に引っぱられていく旅だったのに対して、タンジェへの旅はいまだ知られざる領域への旅だった。しかし、その未知のものを彼はすでに超現実的なかたちで体験していた。既知のものなのに既知であることを自分ではまだ知らないイメージに引っぱられていく旅だったのだ。

インターナショナル・ゾーン――

ときは一九五四年一月、アフリカ大陸は植民地の時代から独立運動の時代へと移ろうとしていた。そのはざまで、タンジェは当時、「国際管理地区」(インターナショナル・ゾーン)になっていた――複数の国(イギリス、フランス、スペイン、ポルトガル、イタリア、ベルギー、オランダ、スウェーデン、アメリカ合衆国)が領有権ないし管理権を主張して共同管理しているがゆえ、結局どの国も完全に管理しきれずにいる真空地帯のようなところだ。それはまさに、なるべく管理されない、個人的な自由の幅の広い場所を求めていたバロウズにとってうってつけの「場所＝時」だった。

現在のタンジェはスペインのアルヘシラスおよびまったくイギリス的な飛び地であるジブラルタルとフェリーで結ばれていることだけが取り柄の地方的な小都市でしかないが、船が最大の交通機関だった時代のこの町の価値は地図を一瞥すればすぐに納得できる。それは明快に地中海を制する町なのだ。フェニキア人の都市として生まれて以来、タンジェは地中海の入口出口を制する戦略的な町としてカルタゴの配下に入り、ローマ人、ベルベル人、アラ

58――『ヤへ書簡』にはかなり書き直して編集したヴァージョンが収録されている。

ブ人が相次いで支配し、ポルトガル、スペイン、フランス、イギリスが死力を尽くして利権を築いてきた町であり、ヨーロッパとアラビアとアフリカの間で所属を決めかねて揺れ動く町だった。そこはまさにインターゾーン——中間的な地帯——しかも、複数の文化や歴史が重層的な構造をなしているだけではなく、目に見える理詰めの現実の世界と、その背後でうごめく魔術の世界が、薄い膜を境にして接しあっている場所でもあった。そういう町だったからこそ、バロウズがもっていたコンポジット・シティのイメージには火がつき、発展の余地をあたえられることになったのだ。

　誰にも管理しきれない中間地帯であるがゆえに、そこにはすでに、第二次世界大戦後のヨーロッパの再建からはじき出されたあらゆる種類のはぐれ者《ミスフィット》たちが集っていた。独立直前のタンジェは、そうしたはみ出し者たちが最後の徒花を咲かせている没落途上の楽園だった。そこにはナチの残党やシンパが逃げこみ、ヨーロッパの後ろ暗い金が流れこみ、それを狙う脅迫者たち、詐欺師たちが跳梁跋扈し、戦後の欠乏物資と余剰物資の間をとりもつブローカーたち、密輸商たち、両替商たちが暴利をむさぼり、ジャンキーたちがスペイン産の「薬品の王様」（“C'est le roi des médicaments, monsieur.”[59]）をめぐって安易な処方箋を漁っていた。犯罪社会に対するあこがれが強かったバロウズにとって、こんなに面白い場所はなかった。この点では、タンジェのほうがニューヨークよりもメキシコよりも上だった。しかも、一夫多妻であることが尊敬されるムスリム社会は、男の同性愛に対して寛容なようだった。また、窃盗に対する罪悪感が薄いラテンアメリカでさんざん被害に遭ってきたバロウズにとって、窃盗に対する処罰が重いイスラム法文化は歓迎すべきものだったはずだ。

タンジェにやってきたばかりのころのバロウズは、自分が「ヤへの国」で見たコンポジット・シティのイメージをここで目の前にしているとは意識しなかったかもしれないが、「複数の次元」のある町にいることはすぐに感じとった。彼が実際にそのイメージを取りもどし、発展させたり定着させたり試みるのはまだずっと先のことだが、タンジェのバロウズは到着時からすでに完全にものを書く人としての自分を意識していた。彼はヘロインやその合成物ユーコドルやメタドンをやっていたり、金の心配をしていたり、男の子たちと遊んでいたりするとき以外は、たえず書くことを考えていた。自分がすべきことは書くことだ、と彼はタンジェに到着した当初から思いさだめていたようだ。

三十年後に『クィア』が刊行されたとき、バロウズはあたらしく付したその序文に、自分が文章を書かざるを得なくなった動機を書いた。「私は、ジョーンの死がなければけっして作家にはならなかっただろうという忌まわしい結論に達さざるを得ず、この出来事がどれほど私の書き物を動機づけ、形づくってきたかという、その度合いの甚だしさに慄然とする」(*Queer*, p.18)。つまり、ジョーンを殺害したときの自分に憑依していたもの、その「醜いスピリット」のコントロールから逃れるには、書くことによってそこからの出口を一生涯探し続ける以外にないのだ、と書いた。これはあとからの分析だが、タンジェに到着したときからたしかにすでに、そのプロセスは始まっていたのだ。

だからタンジェに来て最初の一年間ほどの間に、バロウズはさまざまな種類の文章をしきりに書いて、自分の書くべきスタイルの模索をくりかえしている。そのなかには、マリワナによる幻想・連想・妄想を発展させたルーティーンもあるが、それはまだ書くものの主流にはなっていない。そこには、かなり伝統的なスタイルの短篇（「ジャンキーのクリスマス」など）があり、また、『エスクァイア』あたりに売ることを狙って、「インターナショナル・ゾーン」に集う欧米からの流れ者たち、「祖国喪失者」たちをスケッチした原稿などもある。[60]

しかしそのうちに、複数のもの、複数の時やレベルが脈絡なく放り出されて併置されている町タンジェを描くには、脈絡のない「ルーティーン」を積み重ねていくという方法が有効なのではないか、とバロウズは気づくのだ。目の前のタンジェには、敗残者の群れが寄り集う「インターゾーン」があり、ルーティーンの出発点となる材料には事欠かなかった。そして、その題材を幻想としてルーティーンへと展開していく触媒の役割を果たすカンナビスは、キフという葉っぱのかたちでも、ハシシという樹脂のかたちでも、マアジュンという食物のかたちでもふんだんにあり、タンジェではその使用においても入手においても社会的な制約を受けることはまったくなかった。

『裸のランチ』ができあがる道具立てはそろっていた。しかし、それができあがるまでにはまだ、いくつも障害があった。

ギンズバーグは愛情の受け取り手としての役割は拒絶していたが、文章の忠実な受け取り手という役割は従来通り、誠実に続けていた。そのふたつの役割が分離されたことによって、バロウズはこれからは、「愛情を呼び寄せる」以外の効果をもった文章を書かなくてはならない。「ルーティーン」は「口説きの道具」から「作品の部品」へと脱皮していかなければならない。受け取り手の愛情とは無関係に書くことこそ、顔のない読者に向けて自分を開いていくことこそ、作家の最初の仕事だからだ。

異邦のミカン――

僕の記憶が正しければ、僕が子供のころ暮らしていた一九六〇年代のイギリスでは（そこにはバロウズも暮らしていたわけだが）、ミカンのことはふつう「タンジェリーン」と呼ばれていた。「タンジェのもの」という意味だ。むろん、果物屋の店先で人がミカンを指差して「タンジェリーン」と口にするときに実際にタンジェのイメージが浮かんでいたわけでは

60――その大部分は一九八九年に刊行された *Interzone* に収められている。

ないだろうし、「タンジェのもの」という意味すら意識されないのがふつうだっただろうが、果物といえば基本的にすべてが輸入品であるイギリスにおいて、ナイフを使わずに食べることのできるミカンという特殊なオレンジは、イギリスにとっての南国であるスペインやイタリアやギリシャなどではなく、さらに遠方の異邦、砂漠の入口の町と結びついていたわけである。どうやらそれは、実際に、最初に運ばれてきたミカン（一説では一八四一年）の出港地がタンジェだったかららしい。

しかし、現在のスタンダードな英語（そんなものがあるのだとしてだが）では、ミカン一般は「マンダリン」あるいは「マンダリン・オレンジ」と呼ばれるのがふつうで、「タンジエリーン」という名前はどちらかというと劣勢に立たされ、使われなくなりつつあるようだ。[61] また、たとえばスペイン語を見てみると、ミカンは「マンダリーナ」であり、「タンへリーナ」という呼び名はもともと存在しない（それはスペイン語では語源通りの「タンジェの女」「タンジェのもの」という意味でしかない）。

というようなことから推測するのは、「タンジェリーン」というのが十九世紀半ばから二十世紀半ばごろまでのイギリスという、限定された時空におけるミカンの呼び名だったのではあるまいか、ということだ。

そんなことを考えるのも、タンジェという町は十五世紀末にスペインに占領されたのち、一六六二年にイギリス王室に譲渡された経緯をもつからだ。その後、タンジェはモロッコの王家に返還され、十九世紀にはモロッコ王国の外交上の首都となって外国に対して開かれた町となったが、あいかわらず英国の影響がいちばん強かったという。それもそのはず、タンジェの対岸、ジブラルタルを地中海ひいてはインド洋への入口として死守するイギリスにとって、タンジェに対する影響力を失ってしまったらジブラルタルの価値も半減してしまうからだ。いわば、十九世紀後半においては、タンジェがイギリスにとってのフロンティアのひとつ――北アフリカにおける大英帝国の前線――だったのである。そのような時代であったからこそ、タンジェのミカンはスペインではなく、イギリスに運ばれ、見慣れたオレンジとは趣のことなるそれは「タンジェもの」という異邦の香り高い、時代的な名前をあたえられることになったのではなかっただろうか。

ヒラルダの塔を誇るセビーリャのカテドラルの中庭のひとつ、「オレンジのパティオ」が、

61――「タンジェリーン」というのびやかな音はなんともロマンチックに聞こえたものである。その音じたいに少しばかり古風なところがあるので劣勢に立たされているのかもしれない――というのは、tangerine は最後の音節にアクセントがある単語であるのに対して、mandarin は最初の音節にアクセントがあるのだ。現代のように忙しい時代には、アクセントが最初の音節にあるほうが好まれる。単語を最後まで聞かなくても意味を把握しやすいからだ。あるいは、早く言えるからだ。それはたとえば、紙巻き煙草を意味する cigarette において、アクセントの位置が本来の最終音節から最初の音節へと移動してしまったことにも見てとれる現象だ。

カテドラル建設以前にその場所に存在したモスクの前庭に涼しい日陰を作っていたオレンジの木を受け継いだものであるといった挿話にも見られるように、イスラム教徒とかつて直接的な接触をもったスペイン人にとっては、もともとオレンジというもの自体がイスラム教徒によってもたらされたものであり、つまりモロッコからタンジェを通ってもちこまれたものであることが自明だったため、その一品種をとらえて、あえて「タンジェもの」と呼ぶような発想はありえなかったのである。

というようなことはまったくの余談であるにちがいないが、バロウズが「ミカンの町」タンジェで作家として自分を作り直したと考える立場から、この町の特質についてもうしばらく確認しておきたい。ここでは、『裸のランチ』の書かれ方を追うと同時に、この町に彼が何を見ていたのか、それが彼にとってどのような意味をもったのかをあとづけておきたい。

レッセ・フェール都市――

バロウズが到着した一九五四年の時点でのモロッコは、大きく分けて三つの部分から成り立っていた。フランス領モロッコ(フレンチ・ゾーン――主に現モロッコ南西部)と、スペイン領モロッコ(スパニッシュ・ゾーン――現モロッコ北東部)、そして国際共同租界(インターナショナル・ゾーン)となっているタンジェである。

一九一二年にフランスがモロッコを保護領として、事実上植民地化した際、すでに述べたような事情でイギリスが抵抗したため、タンジェだけはフランス保護領から切り離され、特別な地位を保持することになった。その地位は一九二三年になって公式化され、いわゆるインターナショナル・ゾーンとしてのタンジェが誕生した。インターナショナル・ゾーンでもフランスの影響力が強くなったが、タンジェのインターナショナル・ゾーン統治評議会は、イギリス、フランス、スペイン、ベルギー、ポルトガル、オランダ、スウェーデン、そしてイタリアの計八か国からの代表によって構成された。そしてその長官には、ベルギー、ポルトガル、オランダ、スウェーデンといった「小国」の代表がなることで、フランスとスペインとイギリスの間の宥和がはかられた。実際にはこれだけの数の国の利害を本質的に調整することは不可能だから、タンジェはどの国の覇権も通用させないことを基本方針とする「完全なレッセ・フェール」状態（*Letters*, p. 215）に置かれることになった。

バロウズが到着したころは、ちょうど植民地モロッコの民族主義運動と独立運動がしだいに一体化して抵抗運動が本格化してきた時期にあたるが、タンジェは純然たる植民地であったフランス領モロッコやスペイン領モロッコとは画然と隔てられ、区別されており、独立運動の波及も遅かった。たとえば、フレンチ・ゾーンから追われてヨーロッパに亡命しているモロッコ人独立運動家が、インターナショナル・ゾーンであるタンジェには自由に入ることができて、そこで同志たちと打ち合わせをする、というようなことが可能なほど、タンジェは真にインターナショナルな領域だったのである。そこに隣接する植民地を経営しているフランスとスペインにとって、インターナショナル・ゾーンの存在はまことに厄介なことであったにちがいないが、この両者の間の競争意識——スペインがフランスに対して燃やしていた競争意識——は激しく、対仏テロの闘士たちは武器弾薬をタンジェで調達し、スペイン植民地政府の暗黙の了解のもとでスペイン領モロッコ内に運びこみ、そこを拠点にフランス領内にテロ攻撃に出るというようなことが頻繁に行なわれていたようだ。イギリスが陰で動いていたこともまちがいない。ヨーロッパ諸国による植民地競争がかえってヨーロッパに対する独立運動を手助けしてしまうという逆転した状況が生まれていたのである。

タンジェにやってくるまでのおよそ十年間、アメリカで、メキシコで、そして南米で、警察権力とのいたちごっこをしながら暮らしてきていたバロウズは、タンジェの警察が「その本来の仕事」——秩序を維持すること——だけを職務としていて、個人の嗜好やモラルには一切関知しないことを幾度も手紙の中で褒めたたえている(9/I/55ほか)。このように権威が重層的であるがゆえにどこにも権威がないという状況はたしかに植民地的なもので、それはフランス領内でも似たところがあった。フランス人の植民者を積極的に導入していたフランス領モロッコにおいても重層化した社会構成に対応するため、法制度は複雑怪奇なものとなった。フランス人に対する犯罪はフランス法廷で裁かれたが、それ以外の犯罪は当事者が属している共同体にまかされ、ムスリム法廷、ユダヤ法廷、ベルベル法廷が別個に設置されていて、法的権威に統一性はなかったという。

そのようなモロッコとタンジェのインターナショナル・ゾーンがバロウズに、ある種の無秩序な理想郷のイメージを提供したことはまちがいない。それがのちのコペンハーゲン滞在によってできあがった別種の理想郷「フリーランド」のイメージと交錯することによって『裸のランチ』の「インターゾーン」が成立するのである。

一九五四年の年頭、バロウズはこのような理想的な真空地帯にやってきた。しかし、彼はタンジェに暮らして半年ほどたった時点で(そのころはまだ自分のタンジェ滞在を「旅」としてとらえていた)、この自由奔放なタンジェが「終わりつつある」ことを見てとり、自分はその終わりを見届けるためにここにいるのだと意識しはじめる。それはフランス領でテロリズムが激化する一年ほど前のことだったが、第二次世界大戦後の混乱に乗じて栄えたタンジェのブーム期はすでに終わりつつあり、タンジェの無法地帯に逃げこんでいた多くの後ろ暗い資本は次の有利な流出先を求めてうごめいていた。おそらく、そのような衰退期に入っていたからこそ無法状態には拍車がかかり、バロウズをして「完全なレッセ・フェールには何か不吉なものがある」(*Letters*, p. 215)と言わしめたのだ。その「レッセ・フェール」のなかでは、偽造処方箋を用意する手間すらかけることなく代用ヘロインの類が薬局のカウンターごしに買えるので、彼はあっというまにユーコドルに完全にはまりこんでしまう。しまいには二時間ごとにそれを注射するので、「注射針を静脈に入れた穴がふさがる間がなく、毎回その同じ穴に針をすべりこませればいい」(*Letters*, p. 215) という状態になった。「終わりつつある」という彼の予感はいかにも正しかった。そして、「その最後を見届ける」という自ら課した任務を彼は忠実に果たすことになる。一九五七年の年末にタンジェを引き払ってパリに旅立つまでまる四年間、バロウズは短期間の旅行を別にするとタンジェにどっしりと腰をすえて暮らし続けた。その四年間は、やがて『裸のランチ』として出版されることになる作品の原稿をすべて書き終えるまでの時期とぴたりと重なるのだが、それが書き上がった時点で彼が机から顔をあげてみると、タンジェもモロッコも大転換を遂げて、それ以前とは別の世界になっていた。その間には次のような事件が起こっていたのである――

一九五五年六月～　フランス領で民族主義テロリズムが激化
一九五五年十月　モロッコが独立を宣言
一九五六年二月ごろ～　タンジェでも外国人排斥熱が高まる
一九五六年三月二日　モロッコ独立をフランスが承認
一九五六年十月～　異教徒に対するジハード(聖戦)意識が強まる
一九五六年十月二十九日　タンジェの国際統治が廃され、モロッコに返還される

このような社会的な激動のさなかで『裸のランチ』のもととなる原稿は執筆されていたの

だ。それはタンジェのメディナ（旧市街）内の宿屋（ダッチ・トーニーの売春宿）の一室で書かれはじめたが、外国人排斥熱を受けて五六年後半から新市街の下宿屋ヴィラ・ムニリアに移って書き継がれた。しかし、本当に「書くことによって出口を探す」作業に集中できるようになるまでには二年半近くの年月が必要だった。

拒絶――

バロウズのタンジェ生活は四つの時期に分けられる。それぞれが短期間の旅によって区切られている。

一　一九五四年一月から九月までの一回目のタンジェ滞在――旅行者の時代
（いったん帰国して、ニューヨークとフロリダを訪れる）
二　五四年十二月から五六年五月までのタンジェ――親指を見ていた時代
（ロンドンで薬物依存の治療を受け、しばらくヴェネチアに滞在）
三　五六年九月から五七年七月までのタンジェ――書き飛びの時代
（コペンハーゲンに旅行）
四　五七年九月から十二月までのタンジェ――仕上げの時代

（パリに本拠を移す）

最初のタンジェ訪問の時期についてはすでに述べた。まだ旅でタンジェを訪れているのだという意識をもって暮らしており、生まれて初めて訪れる本物の植民地の解放感にひたっていた時期だ。[62] 彼はヤへ探しの旅の途上で得たヴィジョンをここで再確認したような印象を受けていたが、それを作品として展開することはできずにいた。

作品の手法としてルーティーンが有効であることは考えはじめていたから、ユーコドル注射の合間には、しきりに「小説の出だし」を書いたり、ギンズバーグやケルアックにあてて、次第にルーティーンに転じていく手紙を書いたりしているのだが、そのころの彼はまだ、身近に「ルーティーンの受け取り手」がいないので創作力に適切な出口をあたえられないことを嘆いている。ルーティーンはまだ具体的な相手への依存が強く、小説の手法として自立していなかったのである。

そして、基本的にはこの「人恋しさ」から、彼は「今回のヨーロッパ旅行」は失敗だったと結論づけ、一回目にあたる八か月間のタンジェ滞在を切り上げてアメリカ合衆国に帰ることにするのである。それに際しては、ギンズバーグから、一緒にアパートを借りてサンフランシスコあたりで暮らしてみないか、という誘いがあったようだ。

ところが、アメリカに帰ってもいいことは何ひとつなかった。

一九五四年九月、いざバロウズがアメリカに着いてみると、ギンズバーグは手紙での提案を反故にした。やはり、前年の決裂のときと同じく、ルーティーンの受け取り手は務めるが、愛情の受け取り手にはなれないことをはっきりバロウズに理解させたのだ。このある二か月ほどのアメリカ滞在はバロウズにとって別の意味でもきわめて苦いものとなった。ギンズバーグに拒絶されてフロリダの両親のもとに帰ったところ、家にはもうお前の泊まるベッドがないのでホテルをとってくれ、と通告され、しまいには、いったいなぜ帰ってきたのか、と問われる始末だった（13/X/54）。このふたつの拒絶によって四十歳のバロウズは、二本の精神的な支柱を急にはずされ、最も近しい存在だった人たちから自立を迫られたのだ。もうアメリカに帰ってもいいことは何もない……。

62——植民地の解放感というのはたしかにある。そこでは社会が地元民と外国人とで画然と分割されているため、外国人は（主に欧米人ということだが）社会の本流の外にいる存在であり、日常のレベルでは無条件に別枠として遇され、基本的に何をやっても最終的にはおとがめなしですませられるという「植民地主義的」な安心感がある。それは当人にとってはこのうえなく素晴らしい解放感となり、確実にある種の狂気をもたらす。日ごろ自ら抑圧している欲望を一気に解き放つことがいきなり可能になるからだ。植民地というのが「外国人」の側にとって素晴らしいのはまず第一にそれゆえなのだ。この感覚は本物の植民地ではなくなった現在のアフリカ諸国でもまだ少なからず残存している。アフリカの場合、何よりも肌の色のせいで、外国人はひと目見ただけですぐに見分けがつくため、「別枠」の区別が存続しやすかったはずだ。

とくに、両親からの拒絶がどれほどの意味をもったかは、これまで外国に住んでいても比較的頻繁に合衆国にもどっていたバロウズが、以後、六〇年代後半まで十年間、合衆国の土を踏むことなく過ごしたところに見てとれるだろう。それまでもアメリカ社会の抑圧性に対して強い嫌悪感を抱いていたバロウズだったが、これによって彼は本格的にアメリカから自分を切り離すことになるのである。こうして彼は、アメリカ滞在の終わりで、ようやく金を工面してタンジェ行きの船を予約すると、「タンジェにもどれると思うと安堵を覚える」(12/XI/54) とまで書いた。自分の住まいはアメリカではなくタンジェである、とこの時点で思いを定めたのだ。以後、彼はタンジェに旅をする人ではなく、タンジェからよそに旅をする人、すなわち「タンジェリーン」となる。そして彼は「タンジェリーン」となることによって作家として自立するのだ。

書き飛び——

一九五四年の十二月にタンジェにもどって「タンジェリーン」となったバロウズは、それから一年半、タンジェを出ることなく、書くという仕事にやっと初めて本格的に取り組んでいく。「読み手に対する愛情とは無関係に書く」練習として、『エスクァイア』あたりの雑誌に発表することをめざした文章を書いたのもこの時期のことだし、『裸のランチ』に収められる最初の草稿（「インターゾーン」のセクション）ができあがったのも、二回目のタンジェ到着直後のことだ[63]。以後、意識的にルーティーンを制作方法の中心に据えて、「自動筆記のように」書いていくうちに、『裸のランチ』の最終章となる「ハウザーとオブライエン」をはじめ、「ブラック・ミート」「ふつうの男たち女たち」などのセクションのアイディアが生まれてくることになるのだが、彼はそれと並行して、のちに『ヤヘ書簡』となる手紙の編集や手直しも行なっている。というのも、ずいぶん遅い時期までバロウズは、自分が今書いているものが、『ジャンキー』『クィア』『ヤヘ』と連続する作品になると考えていて（その時点で刊行されていたのは『ジャンキー』のみ）、そのすべてを編集しなおしてひとつの本にまとめようとしていたのだ。五五年の二月になってようやく、現在進行中の本のテーマが

63 —— 一九八九年刊行の草稿集 *Interzone* と『裸のランチ』の中の「インターゾーン」のセクションとは、名前は同じだがとくに関係はない。*Interzone* に収められた原稿の中で、時期的にいちばん遅く書かれたのが“Word”であり、これは五七年の前半に書かれた。“Word”は最後までバロウズが『裸のランチ』に収めるべきか迷っていた一篇であり、そこから推測するに、最終的に『裸のランチ』に収められた断片のかなりの部分は“Word”以後に書かれ、それ以前のほとんどの原稿は捨てられたか、三十年後に *Interzone* に収められて日の目を見るまで主にギンズバーグの手許に保管されていたものと思われる。ものを捨てないギンズバーグの保管癖がどれほど多くのものを救ったか、計り知れないほどである。バロウズが現在という瞬間に生きる人だったのに対して、ギンズバーグには時間の感覚というか、「いつか役に立つときが来る」といった「将来に備える」感覚があった。

「夢を見る能力を抹殺しようとする陰謀と戦う話」なのだ、と徐々に全体像が見えてくるようになるのだが、それでも、今書いているものはこれまでに書いた三冊分の原稿とは相容れない独立した本だ、と考えるようになるのはようやく五七年の後半（すなわち、『裸のランチ』の原稿を脱稿する三か月前）になってからのことなのだ。

しかし、このようにしていざ本格的に書きはじめるとジャンク依存が邪魔になる。

バロウズは阿片系の薬物との関係を死ぬまで断ち切れなかった人で、痛みをとってくれる薬の肉体的な感覚が堪えられないほど好きだったのだと思うが、アディクションがひどくなって自分が機能しなくなるたびに「やめたいやめたい」と自ら言いだし、「もうこれを最後に一生やめたい」「もう一生かかわりたくない」「もう永久にどの種類のジャンクもやらない」とすぐに本気で思う人でもあった。本質的には非常に意志が強く、しかも純で真面目で一直線な人なのだ。彼は生涯を通じて、何度も病院（作品によく出てくるいわゆる「レクシントン」——ケンタッキー州にある国立の薬物依存治療センター——をはじめとして）に入って薬物依存の治療を受けているが、それは一度として法や人に強制されたものではなく、すべて自分から申し出て収容してもらったものだった。この時期のタンジェでも、代用ヘロインの合成薬物に深入りしては、あらゆる知恵をしぼって使用量をコントロールしようとした——ボーイフレンドに金と服と靴を隠しておいてもらって、自ら薬局に買いにいけない状況を作っておいたり、知人に金を払って使用量と使用時間を規制してもらったりした。しかし、すぐに肉体的な渇望に負けてしまい、自分の作った規則を破るために同じだけの知恵をしぼるものだから、まったくうまくいかない、ということのくりかえしだった。

しかし、五五年には一日中、自分の足の親指をぼーっと見つめ続けているような状態に陥り、ついに自分の手には負えなくなって二回にわたってタンジェで入院治療を試みている。そして、このふたつめのクリニックへの入院中から、彼は禁断症状の合間に異様な体験をするようになる。

それはアイディアがどんどん飛んできて、まったくコントロールできないという、作家にとってこれ以上望みえない状態だった。「括弧が襲いかかってきて、僕を引き裂く」（21/X/55）と言っているが、それまで苦行のようにして意図的に行なっていた文筆という行為が、このとき初めて奔流に流されるような、引き裂かれて痛いような快楽に転じうるのを彼は知ったのだ。

バロウズは、「ヘミングウェイのいうところのいわゆる〝ジュース〟が出てこなければ自分には一行も文を書くことができない」と述べているが、一般にはインスピレーションと呼ばれたりしているこの何かわけのわからないものをヘミングウェイは「ジュース」と名づけていた。この場合の「ジュース」はフルーツジュースのイメージではなく、むしろ樹液あるいは肉汁のようなイメージに近いものだ。それが収拾がつかないくらいあふれだしてくる状態をバロウズはタンジェのベンチモル病院の一室で初めて経験したのだ。

この「書き飛び」状態は、五五年の末、薬をやめていた三か月ほど続いた。そして、「ヤへの国」で得ていたヴィジョンが二年ぶりに回帰してきたのもこの時期のことだ。「インターゾーン」とは何なのか――「それは三次元の現実が夢と合流する地点のことだ」(1/XI/55)、「夢と現実の境界線が不分明なのがタンジェである」(2/XI/55)……。それはちょうど、外界では爆弾が炸裂したり、モロッコが独立を宣言したりしているまっ最中のことだったが、その時期のバロウズの手紙にはそのような現実世界の出来事への言及はほとんどなく、そんなことには気づいていないかのようだ。

しかし、この初めての書き飛びの時期に新たに書いたもので『裸のランチ』の一部となったのは「ブラック・ミート」のセクションぐらいだ。それ以外のものは散逸したか『インターゾーン』に収められているのだが、結果からみると、まだ、彼には『裸のランチ』を仕上げるために何かが欠けていたということになる。ぶっとんで書いたものをあとで読み直してみると、内容が飛びすぎていておさまりが悪いというようなことはよくあるもので、バロウズのように「飛び」が重要である作家においては、そのようにして捨てなければならなかったものは生涯を通じてかなり多かったと想像される。[64]

いずれにせよ、彼は半年後にはふたたびドロフィン依存に陥って、朝から晩まで八時間ぶっ続けで足の爪を眺めて暮らすような生活になっていた。「この二年間で、とにかくジャンクをやっていてはどこにも行き着かないことがはっきりした。他に何かしたいなら、これを使っていてはダメだ。［中略］ひと言で言えば、もうどの種類のジャンクも永久にやめる」(16/IV/56)。そこで彼はついに、決定的なドラッグ依存症治療のために金が必要であることを父親に打ち明け、頼みこんで五〇〇ドルをまとめて送金してもらった。そして、五六年五月、薬物依存治療に新手法を実験しているという噂をたよりに、ロンドンのデント医師のもとへと豪勢に旅客機に乗って駆けつけた。それはまる一年半ぶりにタンジェを出る旅となった。

ジャンク・シックネス――

ジョン・ヤーバリー・デント医師は長年アルコール依存症の治療に携わってきた専門家で、四十年にわたる経験からアポモルフィンという薬がアディクションの治療に有効であることを発見していた。これはその名前にみられるように、モルヒネから派生して作られるモルヒネ化合物で、通常は毒物を摂取した患者にあたえる吐瀉薬としての効能しか認められず、顧

64――実は彼は、そうした使えなかった断章をけっこう大事にとっておいて、のちの作品にぽんと放りこんで流用するといったことを頻繁にやっていたものと思われる。カットアップや断章形式という方法がそれを可能にしたのだ。

みられることの少ない薬品だったが、デント医師はアルコール依存症患者に、アルコールを摂取するたびにアポモルフィンをあたえたところ、じきに彼らがアルコールを欲しがらなくなることに気づいた。それが単にアポモルフィンをあたえられると吐き気を催すからという条件反射的な作用ではなく、体の代謝システムに関わっているらしいことを確認して、デント医師は同じ薬をヘロイン依存症患者の治療に応用しはじめたところだった。デント医師はイギリスの「アディクション学会」の創立者で、人がある薬物を常用することによってそれなしではいられなくなる「常用依存」のメカニズムに関心があった。

ヘロイン依存症の治療に、モルヒネと分子構造がきわめて似通ったアポモルフィンを使えば有効であるという理屈は、アルコール依存症の場合よりもさらにダイレクトで単純だった。方法としては、禁断症状を抑えるためのモルヒネの投与量を急激に減らしていく一方で、大量のアポモルフィンを投与して代替していくのである。脳のモルヒネ受容体はモルヒネをほしがって口を開いて待っている。そこに、きわめて似通った構造をもつアポモルフィンをあたえることで脳をだまし、受容体をアポモルフィンでふさいでしまうのだ。アポモルフィンにはしかし、鎮痛作用はなく、したがって快楽をもたらすこともなく、体がアポモルフィンをほしがって習慣化するということもない。脳はモルヒネをもらったと思って安心しているのだが、体には実際にはモルヒネは入っていない。体は鎮痛剤をもらっていないのだが、脳はもらったと勘違いしているせいで、痛みや禁断症状は出てこないのだ。そして、脳が勘違いしている間に体の代謝システムは、二週間ほどかけて徐々にモルヒネなしで機能する状態にもどっていく。そして、依存が途切れた時点でアポモルフィンの投与を打ち切れば、もう体がモルヒネを欲することもなくなる、というのがデント医師が臨床を通じて得た理論だった。[65]

この治療がバロウズの場合には劇的に機能し、彼はそれ以後、一年半、パリに移り住むことになるまでまったくヘロインの類には再帰しなかった。彼はまた、デント医師の人柄にも魅了されたようだ。患者が退屈と不安に見舞われる深夜から夜明けにかけての時間に彼は患者の部屋を訪れて延々と話につきあい、しかも、バロウズのコントロール理論の原型となったマヤ文明の話やヤヘをめぐる南米などの話がダイレクトに通じたのだ。知的な会話が通じる相手に飢えていたバロウズにとって、これは大きな救いだった。デント医師は、その後六〇年代に出てくるサイケデリック・ドクターたちの先駆者であり、しかも、昔ながらの本物のドクターだったのだ。

この治療の経験からバロウズはヘロイン依存症と統合失調症の関係の研究に一時入りこむ。ヘロイン常用者はきわめて的確に現実に適応でき、統合失調症的な症状を呈するのを見たことがないという経験から、統合失調症を発症させる物質とヘロインの間に相互関係があると

65——『ソフト・マシーン』の末尾の「付録」に詳しく書かれている。

直感した彼は、統合失調症患者にヘロインを投与して依存症にし、その後ヘロイン依存症をアポモルフィン治療で治せば統合失調症も治る、という着想を得た。また、デント医師の主宰する学会誌に掲載されることになる「危険薬物への依存名人からの手紙」(版によっては『裸のランチ』の末尾に付録として収録されている)の執筆を契機として、彼は「依存症全般に関する一般理論」(General Theory of Addiction)の構築に力を入れ、自分が今書いている本はその依存症理論の本であって、『裸のランチ』はその一般理論に括弧つきで挿入されるべきマアジュン(マリワナ菓子)幻想の物語ないし応用篇である、というアイディアを得る。この着想は『裸のランチ』の出版元を探しながら編集・構成を行なっている最終段階まで維持されたが、シティライツ・ブックスのファーリンゲッティに原稿を渡し、その構成を指示している最後の段階で破棄された——ファーリンゲッティは結局このヴァージョンの『裸のランチ』をアクセプトしなかったのである。

一か月強のロンドン滞在でヘロイン依存症から足を洗って生まれ直したような気持ちになったバロウズは、ヴェネチアのアラン・アンセンのもとでこの研究に三か月ほど没頭したのち、タンジェにもどった。そして、まるでジュースの出し方を会得したかのように猛烈な勢いで作品に取り組みはじめた。『裸のランチ』が本格的に形をとってくるのはこの時期、タンジェ生活の第三期(一九五六年九月〜一九五七年七月)のことだ。しまいには酒も飲まなくなって書いた。彼は酒を飲みだすと止まらなくなり(たいがいそうだ)、酒を飲んでいないると書けなかった（たいがいそうだ）ので、したがって『裸のランチ』の大半はハシシとマアジュンだけをやりながら書かれたのだ。その間にはタンジェがインターナショナル・ゾーンでなくなって独立モロッコの一部になるという大事件もあったのだが、そんなことに脇目をふることもなく、「テープレコーダーがあれば一か月で全部書きあげられるのに」（13/XI/56）、「出てくるのが速すぎて書きとめられないくらいだ」（20/VII/56）、「『インターゾーン』[66]はまるでディクテーションを受けているみたいだ。筆記が追いつかない」（23/V/57）という長い書き飛び状態へと入っていくのである。筆記が追いつかない勢いでジュースが流れ出してくるというだけでなく、この時期、彼は書くことだけで、生まれて初めて我を忘れてハッピーになれた。彼は毎朝、タンジェの湾にボートをこぎにいき（「ヴェネチア式」とい

66 —— “Interzone”というのが一九五八年半ばまで、のちに『裸のランチ』という題名で出版されることになる作品のワーキング・タイトルだった。それに対して、『ジャンキー』などの全体を包含するプロジェクトがこのころには“Naked Lunch”と呼ばれている。つまり、混乱する話だが、当初の意図では“Interzone”は“Naked Lunch”の第四部になるはずだった。この先で述べるコペンハーゲン滞在中に彼は、“Interzone”は“Naked Lunch”の一部ではないという結論にたどりつき、そこだけが独立して『裸のランチ』として本になったのである。さらに混乱する話になるが、当時の原稿のうち『裸のランチ』に収められなかったものを集めた本が、すでに述べたように、一九八九年に*Interzone*という表題で出版された。つまり、一九八九年の*Interzone*は五〇年代後半にバロウズが“Interzone”というタイトルで構想していたものではなく、むしろ“Interzone”からはじかれたものの集成である。

う前向きにすわって漕ぐ方式で、腕の外側の筋肉と腹筋を鍛えることで「十八歳のころと同じ体になった」)、午後から仕事をした。薬をやっていた時期には薬代を工面するために中古のタイプライターを質に入れたり出したりのくりかえしだったが、今や彼はスペイン製の新品のタイプライターを手に入れて、書き取り速度は頂点に達していた。

このようなわけだから、バロウズというとヘロインをやりながら書いていた作家というイメージがあるが、実際にはそれはまったく間違っていて、むしろ彼は、ヘロインは大好きだったがヘロインをやっていたら書けなかった作家であり、マリワナ(ハシシやマアジュン——要するに麻の葉)をやりながら書いていた作家なのだ。これを勘違いすると、バロウズの作品にとって最も重要な要素である「笑い」を見逃すことになる。ジャンク系統は何しろ依存症であり鎮痛剤・中枢麻酔薬だから、真正直で発想に飛びのない平板な人間を作るのに対して、マリワナ系統は遊びであり幻覚剤だから、悟りとジョークとが同じレベルで交錯して跳ね回っている人間を作る。基本がジョークであるルーティーンも明らかにマリワナ系統の飛びなのだ。

バロウズにとってのヘロインの意味はだから、執筆の役に立ったということではなく、まったく別のところにある。ジャンキーたちの生態という「題材」を利用したということはもちろんだが、ヘロインが切れてきたとき、つまり彼のいう「ジャンク・シックネス」のときには神経が「皮を剝かれた」ような過敏な状態になり、そのときの偏向した過敏な知覚の記憶を彼は「題材」として使ったのだ。体の節々が猛烈に痛くて、涙や鼻水がひっきりなしに流れるという肉体的な症状がある一方で、そのときの知覚がはかない夢の感覚と似通っていることも多く、また、彼のジャンク・シックネスの個人的な特徴として、「このうえなく甘いノスタルジア」の感覚をともなうことが多かった。彼の特に七〇年代後半以降の作品には突然、少年時代のセントルイスの光景に飛ぶというシークエンスがよく出てくるが、それは、(ジャンクによって)失われてしまったイノセンスの風景の中に(ジャンク・シックネスによって)回帰するというねじれをもった、バロウズの最もパーソナルな瞬間であり、彼が最も哀切な思いをもって、ぼろぼろと涙(と鼻水)を流しながら語っている瞬間なのだ。記憶やノスタルジアが肉体的な痛みをともなって押しよせてくるというところに、剃刀のような具体性をもった彼の抒情の特質があるのだ。彼の五〇年代、六〇年代の作品はジャンキーの生態を扱うことが多かったが、七〇年代に書かれた『ポート・オヴ・セインツ』や『赤夜の六都市』以降の作品では、ジャンク・シックネスのもたらすこの抒情的な感覚や、ノスタルジアを通じた時空の移動というモチーフのほうへと、主題の比重が移っていくのである。

タンジェでの再会 ――

こうしてヘロインをやめて九か月ほど、「最低でも一日四時間は仕事をしている」(29/

X/56)、「毎日六時間ぶっ続けでハシシをやりながら書いている」(14/II/57)というような生活を経て、五七年の前半には本一冊分に相当するような原稿ができあがった。バロウズの部屋を訪れたポール・ボウルズが、部屋じゅうに散乱した原稿に、食べこぼしたオイル・サーディンのかけらが染みを作っていたり足跡がついていたり鼠が糞を落としていたりするのを見て、その無頓着ぶりに驚いた、というエピソードはこのころのことだ。[67] ボウルズは、ちゃんとコピーをとって整理してあるのか、紛失してしまったらどうするんだ、とたずねたが、バロウズはとにかくあふれてくるものをタイプライターで書きつけているだけだったから、むろんコピーをとるようなことはしていなかった(タイプライターでは複数の用紙の間にカーボン紙をはさんでおくことでコピーを同時に作ることができた)。そこで、「拾われるべきときが来たら拾われる」、というふうに彼は答えた。[68] 床に散乱したままになった原稿は、そうして、ページの続き順が不明になるばかりか、書かれた順番も、断章間の前後関係もわからなくなった。バロウズには、偶然拾われたときにできあがるテクストの順序こそがこの作品にふさわしい本格的な順序だというようなある種の神秘主義、もうひとつの次元に対する信頼がすでにあったのだが、ボウルズにその感覚はなかった。ボウルズはモロッコ人社会にずっと深くかかわって、夫婦双方の恋人たちを通してモロッコの魔術的世界ともバロウズよりずっと深く接触していたにもかかわらず、基本的にもっとずっと細心で理知的で「西洋的」だったのである。

このようにしてできあがりつつあった混乱した原稿の束は、五七年二月から六月にかけて順次バロウズを訪ねてタンジェにやってきたジャック・ケルアック、アレン・ギンズバーグとアラン・アンセンが、読んで批評して整理することになった。まず二月の末にはジャック・ケルアックがニューヨークから船に乗ってやってきた。彼は同年九月に『オン　ザ・ロード』が出版されて、一躍テレビにまで出演するほどのスターダムに昇りつめることになるのだが、このときはまだ、その本が本当に出版されるのかどうか確信がもてずにいるような状況で、ほとんどまったく一文無しで、アメリカにいてもすることがないので、アレンらとヨーロッパ・ツアーに行くようなつもりで旧大陸に向かったのだった。ジャックはタンジェでバロウズと同じ宿屋ヴィラ・ムニリアに部屋を得て、食費をバロウズが負担するかわりに、散乱した原稿をタイプしなおして整理することで四十日間ほどを過ごした。明らかにバロウズは、メキシコ時代のジャックの食費の問題を忘れていなかったのだ。

一か月ほど経ったころアレンがボーイフレンドと一緒に到着した。しばらく遅れて、アラン・アンセンも、五四年から住みついていたヴェネチアから訪ねてきた。高尚な文学ディレッタントであるアンセンはアメリカ合衆国に住んでいたころ、一時、職業的に作家（W・

67 —— Bowles, 1972, p. 337.
68 —— Miles, 1992, p. 78; Morgan, 1991, p. 262.

H・オーデン）の秘書として原稿整理や校訂をやったことがあった。

この時点では、バロウズは本名では何も発表していない無名の存在であり、ケルアックも一冊本を出しているものの、まったく売れずに無名だったのに対して、文筆家としていちばん遅く出発した最年少のギンズバーグが詩集『吠える』（五六年八月刊）によって思いがけずいちばん最初に世間的な注目を集めるようになっていた。彼は西海岸で一躍注目を集めたビート詩人ないし「バップ詩人」として、合衆国での狂騒を逃れるようにしてヨーロッパ・ツアーに出て、その最初にタンジェにやってきたのだ。バロウズとは二年半前の決裂以来の再会だった。

ギンズバーグはこの数年間のうちにバロウズから送られてきた原稿や手紙の束を携えてやってきた。ジャックとアンセンはタイピングがバロウズよりもずっと得意だったため、彼らの手によってバロウズの原稿の清書と構成が行なわれた。バロウズは彼らが原稿を整理している間もまだディクテーションを書きとめていたが、筆記に忙しかったということを別にしても、彼は生涯を通じて自作を編集・構成できない作家だった。もとより、挿話・断章間の齟齬のない連結ということは、バロウズにとっては考慮したことのないものであり、そもそも彼は、宇宙的な潮流に乗って流れこんでくるものを書きとめるだけの「媒介者＝霊媒《ミーディアム》＝メディア」でしかないのだから、つながり方などということを考えるのは彼の受け持ち分担ではないのだ。

しかし、このディクテーションには怖い面もあった。それはたとえば、ジョーン殺害の引き金を引いた「醜いスピリット」が彼を書記として利用しているのではないか……というような疑念をいつでも呼びさましえたからだ。この時期からしばらくの間彼は、自分が別の星から送られたエージェントなのかもしれないという「妄想」を抱いていた。そのような書記ないしエージェントとして、彼は知られざる「本部」から送られてくるディクテーションを、善悪を超えた地点で「任務」として書きとめていたのだ。

このディクテーションを受け止めるという作業が文筆家としてのバロウズにとってどれほど重大な意味をもったものだったかは、三十年後の作品で彼の主要な作品の最後のものにあたる『西方の地』の冒頭でこれが逆説的に扱われていることにも見てとれる。そこではディクテーションされてくるものを読み取る能力を失ってしまった老作家の苦悶が提示され、そこからルーティーンによる死のメカニズムの探究へと展開していくのである。

ところが、そのようにしてまさに脇目もふらずに猛烈な勢いで書きちらしていたバロウズは、「この一年間に書いたものと、それ以前のものとの間には大きなギャップがあるので、以前の材料がうまくあてはまるとは思えない。それを何らかの枠組にしたがってはめこもうとしても作品全体を損なうことにしかならない」(20/IX/57) と考えるにいたる。つまり、『クィア』や『ヤヘ』はもとより、タンジェ時代の最初の三年間に書いたもの、すなわちギンズバーグとケルアックが整理した原稿の大半まで彼は否定したのだ。そしてそのように以前の原稿と切り離すことによって初めて、新作の全体像がはっきりしてくることになったのだ。

しかし、それにはもうひとつ視点を一新する新しい旅が必要だった。

8 —— 自由の国へ

性的イマジネーション ——

一九五七年は、このようにして「ビート・ジェネレーション」と呼ばれるグループの中核にあたるメンバー、と言ってもただ単に親しい友人たちの一団というだけでもあるのだが、彼ら三人が一か所に稠密に集結した稀な一瞬だった。この機会には、ギンズバーグのボーイフレンドでやがて詩人として知られるピーター・オーロフスキー、アラン・アンセンという周辺的なメンバーもいて、さらには、フランシス・ベーコンやポール・ボウルズ、ジェイン・ボウルズといった、通じ合えるものを持った欧米人の芸術家も周辺をうろついているわけだが、バロウズ、ギンズバーグ、ケルアックという三人が時空において一堂に会して集団をなすのは、たしかに十年ぶりと言ってよかった。ヤヘ旅行後の五三年のニューヨークで三人は顔を合わせていたが、そのときはギンズバーグのアパートでほんの数夜を分かちもっただけだったから、三人が濃密に生活をともにしたと言えるのは、バロウズがテキサスの田舎に引っ越して綿花や野菜やマリワナなどの栽培に手を出す前、アレンがまだコロンビア大学の学生だった一九四六年のニューヨークが最後だったのだ。しかも、五七年のタンジェでの再会のときには、全員がそれぞれ一冊ずつすでに本を出していて、いずれも確実に自分は物書きであるという意識をもって再会したわけであり、この機会こそが、彼らが具体的にひとつの作家グループをなした最初で最後の瞬間だったともいえる。

しかしそれは二週間も続かなかった。ジャックは四十日程度のタンジェ暮らしですっかりアメリカ合衆国の生活が恋しくなり、駆け足でパリとロンドンを訪れて帰国した。それきり二度と彼はアフリカはもとより、ヨーロッパにも足を踏み入れることがなかった。

ジャックはバロウズよりも早くから、「スポンテイニアス・プローズ」と称して思いつくことを自ら検閲せずにそのまま書き出すという方法で作品を書いていたので——ただし彼にはバロウズのような「宇宙的な潮流からのメッセージを書きとめる」というような神秘的性向はなかった——、原稿を読んでバロウズが何をやろうとしているのか、すぐにわかった。バロウズが書き出す性的・暴力的イマジネーションの世界が、自分の経験主義的な世界とまったく異なっていることもはっきりわかったはずだ。

一方、ギンズバーグも、バロウズの原稿の箍《たが》の外れた異常さはすぐにわかった。しかし同時に彼は困った。『ジャンキー』の時以来、彼は代理人として作品を売りこんで回らなければばならない立場なので、その出版の可能性について、悲観的にならざるをえなかったのだ。というのも、彼はタンジェに到着してまもなく（三月末）、前年シティライツ・ブックスから出した最初の詩集『吠える』の第二刷三千部（費用を安くあげるためにイギリスで印刷された）の一部がサンフランシスコ港の税関で、猥褻物として押収されたことを知らされたところだった。この押収物はやがて返還されたものの、同じ本をシティライツ・ブックスの書店で販売したところ、今度は五月二十一日に、出版者のファーリンゲッティが店員とともに「猥褻文書の出版および販売」の容疑でサンフランシスコ市警察青少年課に検挙されてしまったのだ。

『吠える』という本では、たしかにコックとかファックとかボールズとかカントとか少年愛とか肛門性交とか精液とか、性器や性行為を指すお下品な単語は使われていて（その一部は初版では伏せ字になっていた）、旧時代的な性の抑圧や性の表現への抑圧に対する対抗がテーマのひとつになっていることは明らかだったものの、性的な情景の仔細な描写があるわけではなく、作品全体としての中心的な主題が、戦後のアメリカ合衆国社会の精神的な荒廃と偽善、規格はずれの人間にはすぐにロボトミー手術を施すのを当然とするような異分子排斥の思想、その犠牲となった反主流の若者たちの擁護であることは見まがいようがなかった。そのようなものすら自由に出版・販売できないのが実情であるならば、バロウズの書いているものがアメリカ合衆国で出版できる可能性はありえなかった。なにしろバロウズの原稿は、裸の男が絞首によって処刑されると、首の骨が折れて事切れる瞬間に勃起したペニスから射精し、その精液を求めて群衆が殺到するといった、異様な性行為の情景がくりかえし出てくるものであり、しかもそれが中心的な主題となっていたのだから。

そのような不安を覚えながらも、彼らは句読点を入れたり、段落を切ったり、手紙の中からつながる箇所を抜き出してきたりして、二か月ほどかけてある程度まとまりのある「解読可能な」二百枚ほどの原稿を作り上げた。あとはパリかローマあたりで数か月後にもう一度会って、仕上げようという話になった。そのような取り決めのもとで、ギンズバーグはジブラルタル海峡を渡ってヨーロッパ旅行へと出かけていった。

ドクター・ベンウェイの誕生——

この段階でできあがっていた原稿が、『裸のランチ』の原型になったものであることは間違いないが、全体像が不明な、地球上のどこことも特定できない場所（インターゾーン）を舞台とした暴力的・性的・夢幻的なイメージの断章の羅列だった。そのそれぞれの断章がきらきらと輝いているものであることは誰もがわかっていた。しかし、誰もが不満に思ったのは、そのそれぞれがどのような関係にあるのか、という連結の問題であり、全体としてどのような結構になっているのかわからないというところだった。

この解決の糸口をもたらしたのは、ギンズバーグがスペイン、イタリア、フランス、オランダなどを周遊している間に、バロウズが出かけた北欧への旅だった。これこそ『裸のランチ』が形をとるために必要だった最後の鍵をもたらした旅だったのだ。

当時、コペンハーゲンにはバロウズの中学校時代の同級生、ケルズ・エルヴィンズがデンマーク人の妻とともに住んでいて、遊びに来ないかと誘われたのが旅のきっかけだった。

ケルズ・エルヴィンズは、バロウズの人生が重大な局面を迎えるたびに顔を出して、大きくかかわってくる奇妙な人物で、バロウズとはまったく人格も性向も対照的なのだが、なんともいえずうまが合った人のようだ。まったく対照的――バロウズの一家が北部から祖父の代に引っ越してきた中産階級だったのに対して、ケルズは古くからセントルイスに住む裕福な家の生まれ（父親は弁護士で連邦下院議員）で、同性愛の性向を見せたことはなく、美男子で、若いころからとにかく女性にもてた。何もしなくても女性が寄ってくるようなタイプだったようだ。陰気でひねくれたところのあるバロウズに対して、ケルズは積極的なイニシアティブのある快活な性格だった。そして、生涯を通じて一貫してドラッグではなく酒が好きで、結局は酒の飲みすぎで体を壊した。つまり典型的な南部のお金持ちの坊ちゃんで、四十七歳までの短い一生を、三度の結婚と二度の離婚をくりかえしながら、ほとんど仕事らしい仕事をせずに過ごすことができた人だ。

バロウズは子供のころケルズに対して恋心を抱いたことがあったが、それが一方的な恋心以上に発展することはなかった。二人は高校は別々のところに行ったが、同じ年にハーヴァード大学に進んだ。このときには同じキャンパスを共有しただけだったが、大学卒業後、バロウズがヨーロッパへのグランドツアーを両親からプレゼントされてウィーンに留学したのち、帰国して一九三八年にハーヴァードの大学院に人類学で入り直すと、そこにはケルズが心理学の修士課程に学んでいた。このハーヴァードでの大学院時代、ふたりはボストン近郊、ケンブリッジの町に一軒家を借りて一緒に住んだ。ケルズが連れてきた黒人の召使いがいるこの家で、ケルズは英文科出身のバロウズに文章を書くようにとしきりに勧め、それに促されてバロウズはケルズとともに「黄昏の最後の輝き」と題する短い小説を共作している。ケルズはバロウズの中に作家としての素質を見た最初の人だったのである。

この共作はバロウズが書いたものとして残っている最初の作品だが、今、話題にしているその二十年ほどのちの一九五七年ごろに書いていたものと驚くほど似通った、皮肉な、シニカルな、スラップスティック的な、悪趣味な、露悪的なユーモアを主題とする作品だ——ただし現在残っている原稿は一九三八年のものではなく、何らかのかたちで再作された異なったヴァージョンが『ソフト・マシーン』と*Interzone*に収められている。沈没しつつある豪華客船上にて、限られた数の救命ボートに乗りこんでわが身を救おうとする過程で乗客とクルーの下劣な人間的本性が暴かれていくというのが物語の流れだが、登場人物のキャラクターを少ない単語数で的確にスケッチする技法も、そのそれぞれの行動を極限にまで誇張してみせる方法も、五〇年代に彼が「ルーティーン」と呼んでいたものにそっくりなのである。そして、驚くべきことに、この共作の短篇においてこそ、バロウズの創造した登場人物としておそらく一番有名な、モラルの完全な欠如を体現する悪逆な外科医キャラクター「ドクター・ベンウェイ」が、『裸のランチ』に出てくる性格付けのままで登場している。

バロウズはこのケルズとの共作後も、作品を書くことに対する精神的なブロックを乗り越えることができず、次にものを書くのは七年後の一九四五年になった。そして、このときもまた共作だった。このときの共作相手は八歳年下のジャック・ケルアックで、これは『そしてカバは水槽の中で茹であがった』(*And the Hippos Were Boiled in Their Tanks*, 2008) という長篇小説になった。ケルアックとバロウズは一章ずつふたりの登場人物の視点に分かれて書いていく方式で書き進めて完成までいったが、ここではケルズとの共作に見られたようなシニカルな視点も、スラップスティックな手法もまったくなく、きわめてストレートな語りが使われている。バロウズの側としては『ジャンキー』につながっていくような語り口調なのである。この作品は物語のモデルである友人ルーシャン・カーとの約束で、彼が死ぬまで発表しないことになっていたものだ。そのルーシャンが二〇〇五年に亡くなったので、この本はようやく二〇〇八年に公刊された。

このジャックとの共作後もまたバロウズは文筆から遠ざかり、一九四六年にヒントルイスで、海兵隊員として太平洋の島々で戦って帰ってきたところだったケルズと再会した。ケルズに誘われてバロウズがテキサスに移り住んで農業を試みることにしたのはすでに述べた通りだ。ケルズもバロウズも、農業にも農業経営にもまったく関わりをもったことがなかったのだから無謀な計画だったが、そのような無謀な着想を実行に移す積極的な軽さ、果敢さがケルズにはあった。

ケルズはメキシコ湾に近いテキサス州の最南端、メキシコ国境にあるファーという集落の近隣に柑橘類の果樹園を手に入れたところで、さらに百エーカーの綿花畑も手に入れた。リオ・ブラーボ沿いのこの地域は土地が肥沃なことで知られているところだった。バロウズも計画に乗って親の出資を仰ぎ、さっそく綿花畑五十エーカーを手に入れた。そしてふたりは、ファーに移り住んで、畑に面して立つバンガローで共同生活を始めた[69]。

その翌四七年、バロウズはニューヨークに残してきた妻ジョーンとその娘と一緒に暮らすため、同じテキサス州だが三百キロほど離れた州東部ニューウェイヴァリー（ヒューストンの北）の人里離れた場所に土地を手に入れてそこに転居したが（有名なマリワナ栽培はこの畑で行なわれた）、ファーに持っていた畑はその後もずっとケルズが面倒を見て主に野菜を育てていたのである。

バロウズとジョーンの間の子供ビリーが生まれたのはニューウェイヴァリーに暮らしていたときのことだが、その後一家がニューオーリンズの対岸アルジェズに移り、さらにメキシコに逃げたのはすでに書いた通りだ。その間の時期にも一時、一家はファーのケルズのもとに身を寄せていた。
メキシコ・シティに移り住んで一年ほどたった一九五〇年の秋、ケルズもついに農業に見切りをつけてファーの土地を売ってメキシコにやってきた。ケルズもバロウズの真似をして、メキシコ・シティ・カレッジでしばらく勉強してみるつもりで二人目の妻と一緒に来たのである。

そして、このときケルズが、メキシコまで逃げてくることになったジャンキーとしての経験を作品に書くようにと勧めたため、バロウズは五年ぶりにふたたび文筆に向かった。ケルズの言うことをバロウズは案外、聞くのだ。こうして書き始められたのが『ジャンキー』なのであり、バロウズが作家になった起点にはやはりケルズ・エルヴィンズがいたと言ってまちがいではない。

しかも、『ジャンキー』はひとたび書き始められると、案外すらすらと書かれていき、その年の終わりまでにだいたいの形ができあがるぐらい、比較的短期間でまとまった。というのも、すでに述べたように、ケルズは元気のいい快活な人間で、同じように快活で生命力がある人間が好きなので、阿片系の薬物によってだらっとして一日中何もしないでいるような人間は相手にしない。しかもケルズは大酒飲みである。そこでバロウズは、ケルズとつきあ

69 ―― テキサスでのバロウズの生活や交友関係についてはJohnson, 2006が詳しい。

いがあるときには一緒に酒を飲んで、阿片系の薬はやめるように意識が働いたのだ。これはメキシコにおいてだけでなく、その後の、タンジェ時代にも見てとれることだ。

しかし、ヘロインをやめている時期のバロウズも常軌を逸した大酒飲みである。そのため一九五一年はじめ頃のバロウズは、昼間から夜中まで、意識不明になるまで酒を飲み続けるような生活になっていて、そのあまりのひどさをケルズから注意されるほどだった。ケルズも酒を飲むと人格が変わって妻に暴力をふるうような二面性があったとされるが、その彼から見ても異常な飲み方だった。「一緒にいたくない人間の筆頭は、拳銃をもっている酔っぱらいだ」とバロウズはこの時期にケルズに指摘されている。[70] 正体不明になってメキシコの警官に拳銃を突きつけた事件のあとでのことだ。

ジョーンの射殺事件の時期にもまだケルズはメキシコ・シティに住んでいた。ただし、ケルズは毎月二〇〇ドルで生活しなければならないバロウズと違ってお金持ちだから、メキシコ・シティの都心のアパートではなく、ゴルフコースが近くにあるような郊外に住んでいた。そのため事件の現場となったパーティにこそ居合わせなかったが、事件後の顛末のすべてをケルズは見ることになった。事件はすぐにアメリカ合衆国の新聞で報じられたが、バロウズの親兄弟と連絡をとったのはケルズだったはずだ。いわばケルズは、アレンもジャックも見なかったものを、バロウズが人に見せたい部分も見せたくない部分もあわせて全部を克明に見届けてきた人だったのだ。

バロウズが五四年初めからタンジェに暮らしはじめると、その同じ年にケルズはすぐにタンジェに彼を訪ねている。タンジェにバロウズを訪ねた最初の友人は、ニューヨークの友人やビート作家仲間ではなくケルズだったのである。ケルズは映画女優をやっているデンマーク人の妻（三人目）とローマに住むようになっていた。

ケルズが訪ねてきたとき、バロウズはタンジェで最初の重い常習状態にあった。一時間ごとに注射をしていたというから、メキシコ時代よりもさらにひどかった。そこにケルズがやってきたものだから、バロウズは一生懸命習慣を蹴ろうとしたが果たせなかった。一緒にモロッコ国内を旅行する計画もあったが、とてもそれどころではなく実現しなかった。ケルズ・エルヴィンズ夫妻は一か月半ほどタンジェに滞在したのち、あきれはててイタリアに帰っていった。

その前回の失態の負い目があったからこそ、バロウズは五七年春、ギンズバーグらが旅立った直後にケルズから連絡があったとき、毎度のことながらお金は全然なかったのに、すぐにコペンハーゲンに行くことにしたのだ。前年、ロンドンでアポモルフィン治療を受けて、すっかり別人のように立ち直って精力的に仕事をしている、文筆を生活の中心に置いている、そのような自分の姿をケルズに見せたかった。ケルズが『ジャンキー』の生みの親で

70 —— Morgan, 1991, p. 181.

あり、さらには「黄昏の最後の輝き」を契機とする物書きとしての自分の生みの親だったからだ。そのように考えなければ、物価も高く、まるで興味のなかったコペンハーゲンに彼がなけなしの金をはたいてすぐに出かけていったことは説明がつかない。

インターナショナル・ゾーンとしてのタンジェの特殊な地位は五六年十月に廃止されたところで、バロウズにとっても少しずつ暮らしにくくなってきていた。外国人排斥の動きも強まった。だからたしかにバロウズは（またもや）、どこかもう少し暮らしやすい場所はないものかと探しはじめているところではあった。そこは物価が安くて、同性愛に対して寛容で、個人の行動に対する管理が緩くて精神的に自由な場所でなければならなかった。ギリシャというのは何度かバロウズの脳裏をよぎったことがあった。リビアというのも口の端にのぼったことがあった。しかし、北欧、デンマーク、コペンハーゲンというのはただの一度も考えたことはなかった。北欧についてはすでに、社会福祉が充実している穏やかな社会であるというイメージはあった。しかし、バロウズは生涯を通じて、個人の生活に国家や政府が関与するのは少なければ少ないほどいいと考える徹底した小さい政府主義者だったから、思想的にも生活実態としても惹かれるものは何もなかったはずなのだ。

フリーランドの逆説 ——

ちょうどこの時期にこの地域を通過していた人物にミシェル・フーコーがいる。彼は一九五五年八月から五八年五月まで、彼の二十九歳から三十二歳までの時期にスウェーデンの古い大学町ウプサラに赴任していた。ストックホルム郊外にあるこの町のフランス文化センターの所長兼フランス語教師を務めていたのだ。この仕事を引き受けるに際して、彼の中には、スウェーデンは当時のフランスよりも「自由な国」だというイメージがあった。フランスにはない「開放的な精神」を見つけ出せるかもしれない、という期待があった[71]。ここでいう「自由」、「開放的な精神」の中にはフーコーの場合もバロウズの場合と同様に、性的な自由、性的な寛容、同性愛に対する寛容というのが含まれていたことはまちがいない。しかし、フーコーはすぐに、スウェーデン社会の穏やかな自由が、別の側面においては「直接に制約的な社会と少なくとも同程度の制約効果を［中略］持ちうる」[72]ことに気づかされた。きわめて微妙な言いまわしだが、自由をうたっていながらも「少なくとも同程度」抑圧的でありうる、と言うのだから、分野やシチュエーションによっては専制的な社会よりもさらに抑圧的

71——ディディエ・エリボン『ミシェル・フーコー伝』（一九九一年）一二〇頁。

72——『ミシェル・フーコー思考集成IX』（二〇〇一年）四二六頁。

な部分がある、と言っているのだ。思想信条の自由は制度的には明らかに保障されているものの、人間関係はきわめて堅苦しく、ピューリタン的な道徳律が重く支配していて、生の実質においてはけっして自由でも解放的でもなかったため、フーコーの場合、スウェーデンでの三年間は相当に鬱屈した日々となった。その社会の許容度を試すようにしてフーコーはわざと派手なチェックのスーツを着てみたりしていたわけだが、休暇のたびに日ごろの憤懣を発散すべく、ストックホルム・パリ間の短時間走行記録を樹立するようなつもりでクリーム色のジャガーをぶっ飛ばしていた。その途中で毎回、フェリーでデンマークに渡ってコペンハーゲンを通過していたのである。

バロウズが訪れた一九五七年のデンマークも、彼らの言う自由という面では似通った状況にあったようだ。バロウズは七月末に到着するなり、その生まじめさを、ファンキーさの欠如を嘆いている。つなぎを着た労働者が仕事のあとでクラシック音楽に聞き入っているのが異様だとか、ジャズ・クラブはあるものの、そこでやっているジャズには反抗的な黒人音楽としての苛立ちがまったくないとか、町の中で人と人の間にまったく会話がない、人々が自分のセクシュアリティに対して正直でない、といったことに不満を述べている（30/VII/57）。バロウズは外見的には、そしてまた日常の生活態度としては『荒涼天使たち』の後半などでケルアックが書いているようにきわめて因習的なところがある人で、ジーンズにフランネルのワークシャツなどといったケルアックらの「ヒップスター」が好んだくだけた服装をすることはけっしてなかったし、人間関係においてもヒッピー的なインフォーマルさ、だらしなさ、無礼講的なものを好むことはなかったわけだが、このコペンハーゲン到着直後の感想をみると、感受性のありようとしてはやはりたしかにビートの一員であることが明らかだろう。ジャックが主張したようなスポンテイニアスなもの、フランクなものを大事にすること、お高くとまった偽善的な社会秩序に対して個人の若々しい正直な欲動を徹底的に肯定すること、このあたりの価値において、たしかに彼らの間にはまとまりがあったのだ。だから、バロウズは初日ですでにコペンハーゲンに来たのは無駄だったと考えて、早々にパリかハンブルグに居住可能性を調査しに行きたい気持ちになっていた。二週間もしたらもうタンジェにもどっているんじゃないか、というような予想まで立てた。

また、ケルズと一緒にフェリーに乗って対岸のスウェーデン、マルメの町に遠出を試みてみたものの、スウェーデンでは人は誰も他人と目を合わさないし、何もすることがなくて午後の半日を過ごすことすらできず、タンジェから持ってきた最後のマリワナを一本吸って、すぐにそのまま逆もどりして帰りたくなったことも『裸のランチ』には書きこまれている――「なあK・E、もう即刻あのフェリーで引き返そうぜ」[73]。それはもう少し先で「私」が、フリーランドに到着するなり口にする感想――「清潔で退屈で神様なんとかしてくれ」[74]――

73 ―― *Naked Lunch*, p. 13. 冒頭のセクション。

へと受け継がれていったものだろう。

ところが、それから四週間後になると俄然様子が変わっていた。スカンジナヴィアに住むという可能性は早々に消し去っていたのに、彼はなおもコペンハーゲンにいた。安くて自由で落ち着いて執筆にうちこめる場所として結局タンジェ以上のところはないという結論に達していて、物価が高いコペンハーゲンですっかりお金も使い果たしていたにもかかわらず、なおも動かずにとどまっていた。次から次へと、ディクテーションとして流れこんでくるものがあって、猛烈な勢いで原稿を書いていたからだ。

彼はギンズバーグあての手紙にこう書く――「今回の旅が恐怖を知りつくした目利きたる我輩にとって無駄になったとは言えない。スカンジナヴィアはわが最悪の想像の極致をも凌駕していた。ベンウェイのセクションのフリーラント像は描き方として控えめだった」[75]。『裸のランチ』の中には、理想郷と謳っていながらその実、わずかでも理想郷の現実に適応しない者をつぎつぎに「リコンディショニング・センター」に送りこんで脳に手術をしてしまう最悪の管理主義都市国家フリーランドが、インターゾーンと並んで重要な舞台として出てくるが、その恐怖の都市のモデルとしてコペンハーゲンやスウェーデンがぴったりだったと言っているのだ。ドクター・ベンウェイはこのリコンディショニング推進のためにフリーランドに招かれた医師である。

ベンウェイはもともとは、もっと直接的な反ユートピア国家アネクシアで、市民の抑圧システムの開発に携わっていた。アネクシアは、絶えず身分証検査が行なわれ、すべての家の合鍵を当局が管理していて、身体検査や家宅捜索が日常的に行なわれているような場所だ。あらゆることに果てしなく煩雑なビューロクラシーを強いることで市民を忙殺して、あらゆる自発性を削ぐ。その中でベンウェイは性的屈辱を通じて自白を強いる技法の研究開発にあたっていたのだ。そのような社会から、彼はヘッドハンティングされて、もっと間接的な、もっと陰微な、理想社会の仮面をかぶった市民管理の方法を実施しているフリーランドにやってきて、天職を得ているのである。フリーランドの市民はまじめで、寛容で、誠実で、清潔で、信じやすく、自分たちが幸福だと思いこまされて暮らしている。

フリーランドという名前はLand of the Freeというアメリカ合衆国の別名を転用したものでもあり、「リコンディショニング」とは「修理して再生する」ということだが、通常は中古の自動車を優良中古車として売るために主要なパーツを交換して新品同様にすることを言う。それを人間に行なうというのは、五〇年代のアメリカ合衆国で暴力的な精神疾患患者から鬱病患者にまでかなり幅広くかなり安易に、性格を穏やかにするという目的で行なわれていたロボトミー手術のことを思わせる。実際、ピーター・オーロフスキーの弟や、ギンズバーグ

74 —— *Naked Lunch*, p. 27.「ベンウェイ」のセクション。

75 —— 20/VIII/57. 手紙や初期の原稿の中では、フリーランドはゲルマン語めかしてFreelanctとつづられていた。

の母親ナオミや、『吠える』の主人公と言ってもいいカール・ソロモンなど、彼らの身辺には精神病院に収容された人が少なからずいて、中にはたしかにロボトミーが行なわれた人までいたので、人間に対するリコンディショニングというのは決して絵空事ではなかった。

そのようにして人間を「理想社会」に無理やり適応させようとする強力な圧力が働いている社会をバロウズはデンマークに見たのだ。そのことを見てとるや、すでに萌芽的な着想として書きはじめていた「フリーランド」のセクションに関するアイディアがつぎつぎに出てきて、そのディクテーションが止まらなくなった。それによってバロウズのコペンハーゲン滞在は四十日ほどに延びたのである。

「この小説は今まさに形をとりつつあり、そのスピードが速くて書きとめられないくらいだ。ここに来たのはまちがいではなかった。スカンジナヴィアのみがこの大作の触媒となりえた。他のどの場所もその背景とはなりえなかった」とまで彼はギンズバーグに書き送っている(28/VIII/57)。

舞台背景が明確になって急速にたくさんの場面が書かれていっただけでなく、そのせいでこの小説が全体としてどのようなテーマなのか、どういうストーリーなのか、誰が何を企てているのか、といった全体のつながりがバロウズ自身に初めて見えてきたのもやはりこのときだった。すでに述べたように、この作品は五三年に「ヤへの国」で見たインターゾーンのイメージが起点となっていたが、それからの四年間に書いた多様な断片が関わっていただけに、書いている作者自身にもそれら相互の間の関係はまったくわかっていなかった。そのひとつひとつの断章がジグソー・パズルのピースのようにぴたっぴたっとはまっていくプロセスが急速に動き出したのが、今引用した八月の二通の手紙の間の一週間ほどの期間だったのである。

ディクテーションが続いて『裸のランチ』の結構が明らかになっていくプロセスは、バロウズがコペンハーゲンを発ってタンジェに直帰したあとも続いた。バロウズは執筆の先を続けたくて、あれほど愛していたギンズバーグとパリで落ち合うという計画まで放棄し、パリに一泊することすらせずに通過して一目散にタンジェに帰ったのである。

自発性と媒体性 ——

タンジェに帰ってからも流入は順調に続いた。これは調子のいいときのバロウズがいつも陥る状態だった。「自分は記録する道具にすぎない」[76]と彼は書いた。自分が何かを書いているのではなく、誰だかわからない書き手が自分をタイプライターのような道具として利用して書いているのだ。これはもしかすると、自分が書く手法を「自発的散文《スポンテイニアス・プローズ》」と呼んでいた

76 —— *Naked Lunch*, p. 200.「萎えた前書き」のセクション。

ケルアックとの違いを説明するために出てきた比喩だったのかもしれない。自発的《スポンティニアス》と言った場合には、誰の自発性なのかといえば、それはどうしても書き手自身、作者自身の自発性ということになり、ケルアック自身を流出源としてそこから自発的に出てくるものを書くということになる。しかし、バロウズの場合、自分から流出するのではなく、むしろ自分は流入される側、あるいは単なる通過点でしかなく、自分は誰かが書くための道具、メディア、ミーディアムでしかないので、彼自身の自発性というのはまったく関与していない、と言いたかったのだ。意識の前に浮かんでいるものをそのまま書き出していく、という現象面においては非常に似通ったことをやっていながら、ケルアックとバロウズでは、やっていることの捉え方はむしろ正反対だった。ケルアックがあくまでも書く主体としての自分の自我にこだわり続け、それを主題にし続け、そこから一瞬たりとも逃れられなかった[77]のに対して、バロウズは自分の主体性を否定して、むしろ自我が消えてしまうことのほうを理想とした。

のちのインタビューでも彼はこのように言っている――「作家や芸術家というのは単に、特定の宇宙の潮流に同期する人のことだ。媒体《ミーディアム》＝巫女なのだ。その人個人の〝私〟、その人の〝自我〟がそこに混入しなければしないほどいい」[78]。

そのようにして、彼は自我を消して、「書く＝書かされる」ための道具・機械になる。タイプライターになる。筆記する機械になる。意識的にライティング・マシーンに自分をしてしまう、という方法を彼はタンジェとコペンハーゲンで会得したのだ。このふたりの筆記のイメージの相違は、ふたりのセクシュアリティの相違とあまりにもぴたりと重なりあっているので、ついセクシュアリティの相違なのだと単純化してしまいそうになるので用心用心……。

いずれにしても、こうしてその年、一九五七年の終わりごろまでにこの作品の書かれるべき原稿はすべてできあがった。書きためてきたピースが、ジグソー・パズルの最終段階のようにはまりあっていくのを見ているうちに、バロウズにはようやくこの作品の大枠の結構がわかってきた——

主題はアディクション（常用することによってそれなしではいられない依存症になること）である。人間はすぐに何かのアディクションになる。『裸のランチ』の中の世界には、他者を支配しコントロールすることの依存症になっている連中の組織がある。この組織は世を支配するためにウイルスを送り出している。このウイルスに冒された人は、その依存症によって夢を見なくなり、自由への希求を失って支配されてしまう。ただしこのウイルスは同

77——このような事情があるので、ケルアックの「スポンテイニアス・プローズ」を「無作為的散文」と訳してしまうのには若干の抵抗をおぼえずにいられないのだ——書くという作為の主体を無くそうとしているわけではなく、むしろ書くという作為をもった主体がそこにはいかにも強固にある、という意味で。

78——*Paintings and Guns*, p. 44.

性間の性的接触でのみ伝染する。そのため、ドクター・ベンウェイは若者たちのセクシュアリティをリコンディショションして、同性愛への転換をシステマティックに進めている。それに対して、組織や警察に追われながらも抵抗しているグループがいて、リーはその一員であるが、彼自身もまったくイノセントな人間であるわけではなく、彼なりのアディクションを抱えている……インターゾーンとフリーランドとニューヨークというそれぞれに性格の異なる三つの地獄において闘いはくり広げられており、この世界の空間配置においては、この三つの領域は相互に積み重なっていて、マンホールでつながっているみたいに自由に移動できる……。

そのような世界を彼はいつしか描き出していたのだった。

裸のランチ――

バロウズはコペンハーゲンからタンジェにもどって、二か月もすると「おそらく永久に」（4/XII/57）タンジェをあとにする決断を下し、そのままわずか四か月ほどで実際にタンジェを引き払っている。あれほど安くて落ち着いて執筆できるという点でタンジェにまさる場所はないと言っていたのに、あっさりとパリに移った。高くて部屋不足でつまらないところだと結論づけて、ギンズバーグにも決して勧めなかったパリに。一九五八年の一月十六日にタンジェから意気揚々と飛行機でパリに到着して、それから二年間ほどパリを、その中心部六区にあった通称「ビート・ホテル」を本拠として暮らすことになるのだが、長い四年間を暮らした町をあとにするという大事業を思いきって実行に移すことができたのは、まらがいなく、自分なりに作品を書き終わったというたしかな実感があったからなのだ。

このときからバロウズがギンズバーグやブライオン・ガイスン、ビート詩人グレゴリー・コーソらと暮らしたパリのビート・ホテルは、『裸のランチ』の最初の版（オリンピア・プレス版）が出版されたときにバロウズが住んでいた場所であるために、この作品の成立と濃厚に結びついている場所ということになっているが、すでに見たように、バロウズ自身の創造的な活動の部分、というか、彼自身としては創造しているという意識ではないので言い直すならば、書きとめている、ディクテーションを受けている、ミーディアムになっている段階は、パリに移る前、タンジェとコペンハーゲンで完全に終わっていたのである。彼はパリに移ってからはこの作品の執筆はもう行なっていない。

パリに来てから行なわれたのは、コペンハーゲン以後に書かれた多数の断章の中のどの部分を採用してどの順番で並べるかという編纂作業（ギンズバーグとアンセンがタンジェで行なった作業の続き）と、出版元を探すことにすぎない。といってもほとんどはギンズバーグ任せで、バロウズ本人はパリの英語書店で開かれた朗読会に出演したりはしたものの、売り込みめいたことはまったくしていない。サンフランシスコのシティライツ・ブックス、パリのオリンピア・プレス、パリス・リヴューを含めて複数の出版社がギンズバーグの提示した原稿を却下している。

実際に『裸のランチ』が本になって出版されるまでの経過を簡単にまとめておく。一九五八年の七月にパリを引き払ってニューヨークに帰ったギンズバーグは、編纂の終わった原稿をもっていった。それに先立って彼は五七年十二月に、シカゴ大学の大学院生たちが主体となって編集していた人文学部発行の雑誌で、当時ビート作家たちの紹介に熱心だった『シカゴ・リヴュー』誌に、古いヴァージョンの『裸のランチ』の原稿の一部を送っていた。[79] この原稿の最初の二つの断章が、『シカゴ・リヴュー』の一九五八年春号に、「裸のランチ抜粋」として「ウィリアム・S・バロウズ」名で掲載され、一号おいた同年秋号にも四、五、六番目の断章（冒頭のセクションの終わりまで）が掲載された。これらの断章は現在の『裸のランチ』の冒頭セクションと、ひとつの断章が欠けている以外、ほとんど同一のものである。すると、その内容が「汚らわしい」という評が地元シカゴの新聞に載った。あわてた大学理事会は、さらに続きが掲載されるはずだった五九年冬号の発行を差し止めた。編集長だったアーヴィング・ローゼンソールたちはそれに怒って大挙して辞任し、『ビッグ・テーブル』という別の雑誌を創刊して五九年三月に『裸のランチ』の前半四十ページほどの部分を掲載した。するとこれが郵便局で猥褻物として押収されて裁判になったのである。その後の裁判については、その経緯と判決内容をまとめた文章がグローヴ・プレス版の『裸のランチ』にずっと付録として収録されていたので省略するが、これが映像ではなく文章による猥褻がアメリカ合衆国で争われた事実上最後のケースとなったことは記憶しておいていい。

アメリカ合衆国で猥褻裁判になったことを聞いて、一九五九年の六月にオリンピア・プレスの社主モーリス・ジロディアスは一度却下していたこの作品に俄然興味を抱いた。そして話題が沸騰しているうちに出版することを目指して、二週間で原稿を用意するようバロウズに命じた。そこでバロウズはブライオン・ガイスンと南アフリカ共和国出身の詩人シンクレア・ビーイルズとともに、このホテルの中で、大慌てで、ギンズバーグがもっていった版とは若干異なったヴァージョンを叩き出して渡したのだった。結局、この年の七月、あとからこしらえたこちらのヴァージョンのほうが先にパリで出版されたのである。アメリカ合衆国でグローヴ・プレスから『裸のランチ』全篇が出版されるのは一九六二年のことだ。バーニー・ロセット率いるグローヴ・プレスは、ベケットやイヨネスコ、マルグリット・デュラスなどのヨーロッパ文学の先鋭を出版している新しい意欲的な出版社だったが、『チャタレー夫人の恋人』ですでに裁判を戦っていたので、当初、二の足を踏んだのである。『裸のランチ』をめぐる猥褻裁判は複数起こされたが、その最後の判決がマサチューセッツ州最高裁判所で出され、言論と出版の自由を定めた合衆国憲法修正第一条によってこの作品が守られて

79——*Chicago Review* (Autumn, 1958), pp. 46–49 に掲載されたギンズバーグの手紙による。

いることが確定したのは、さらにその四年後、一九六六年七月七日のことだった。

カットアップ――

それではビート・ホテルで原稿をタイプしていたこの一九五九年の六月の二週間以外の時期、バロウズがパリで何をやっていたのかと言えば、彼はすでに次の活動に移っていたのだ。その源泉を彼は「宇宙の潮流」などと呼んだりもしていたが、それは何ものなのか。誰が自分をライティング・マシーンとして利用しているのか。自分は誰に利用されているのか。誰のエージェントなのか？　そして何のための？　自分に課されている指令、任務は何なのか？　自分は自分にあたえられた任務がわかっていないのに、いったい何をしているのか。そのような疑念に彼はタンジェにいたころからつきまとわれていた。その疑念が妄想・妄執として昂進して、その探究に明け暮れたのが彼のビート・ホテル時代だったと言える。

もしかして、実際に『裸のランチ』の中で描かれたような組織があって（もちろん、それを彼は創作したわけではなく、自発的意図によらずに誰かの指令で書かされたのだから、実際にそのような組織とそのような陰謀が隠れた次元において実在しているに違いなかった）、その組織の側に自分は利用されているのかもしれない。自分はどっちの側のエージェントなのか。いや、どっち、という二者択一的な言い方は適切ではない。きっと、善と悪のふたつの側だけがあるわけではなく、もっとたくさんのサイドが拮抗しているのがこの世なのだ。だから、自分はどの側のミーディアムなのか、どの側の代理人なのか、どの側の手先なのか。そもそも、どのような側がこの争いには関わっているのか。本当に自分はリーのように自由の側のエージェントなのか。だって、実際に自分は今またヘロインのアディクションになって、完全にコントロールされようとしているではないか。かつて完全にあやつられていたではないか。

実際、バロウズは一九五九年の夏にはふたたびコデインの依存症になって、もう一度デント博士のアポモルフィン治療を受けに行っているのだから、薬物依存というのが非常に効果的な人間の管理法であることはわかりすぎるほどにわかっていたのだ。薬物依存になっている人間は戦う力を削がれるだけでなく、その薬物を売ってくれる人間の奴隷になる。その言いなりになる。それを手に入れるためにどんな異様なことでも平気で行なうようになる。それはごく一般的なレベルのニコチン常用者（喫煙者）の場合でも容易に見てとることができる。家に煙草がなくなって数時間もすると、もう我慢できずに、どんな猛烈な雷雨の中であってもその中にかまわず飛び出して命がけで煙草を買ってくるような、異様な行為に薬物依存は人を導く。隠れた次元で、誰がそれをあやつっているのか。誰の指令なのか。

バロウズとガイスンがビート・ホテルの一室にこもって行なっていた鏡凝視の実験は、この隠れた次元におけるこの世の勢力図を覗き見るための技術としての関心からだった。バロウズは「利用可能な技術」の入手に一貫して関心があったのだ。同じ探究の過程でやはりブライオン・ガイスンが着想を得た「ドリーム・マシーン」もその延長線上にあった——フリッカー現象によって、通常の知覚において見えるものとは違うものが見えてくる装置だ。より正確に言うと、ドリーム・マシーンは目を開けないで光の点滅を瞼ごしに感じることによって、視覚を通じてではなく、脳の中に直接映像を発生させる装置だから、五感を経由せずに隠れた次元に飛びこむことを可能にする手段と考えられたのだ。

そのような数々の実験の過程で、一九五九年九月のある日、この隠れた次元を覗き見る手軽な「技術」として、ガイスンがカットアップという方法を発見する。画家であるガイスンがカッターナイフで画材を切っていると、下に何重にも敷いてマットとして使っていた古新聞まで切れてしまった。切れ方がちょうどよくて、上下に重なっていた二つの別の日の新聞の文章がひと続きになって読めて、それなりにつながった文章になって、どちらの文章が意図していたのとも異なる、新しい奇想天外な意味をなしていたのだ。

以前からバロウズとガイスンの間では、文章の表現と絵画の表現の違いということが話題となっていて、ガイスンは文学が絵画よりも五十年は遅れている、ということを言っていた。[80] つまり、文章というのは意味のつながりに縛られている。意味のつながりを生み出すために、前から後へと、ひとつながりになった一本の線として読んでいくしかない、とされている。

それに対して絵画は、一枚の絵をどの位置からでも見始めることができて、どのような順番で視線を走らせることもできるし、周辺視野を使って広い範囲を同時に知覚してもいい。また、論理的な意味のつながりを表現しなくてもいいから、コラージュのようにまったく異質のものを放りこんで意味を混乱させるような方法も使われているし、現実の中にすでに存在しているものを描き出すという具象からも完全に解放されている。しかし文学は旧態依然として作者の意図や意味に拘泥し続けて具象のレベルにとどまっている、というような議論だった。

このような関心をもっていたバロウズだったから、しかも、作者の意図や自我が関与しない文章、流れこんでくるものをそのままマシーンとなって書く、というのを課題としていたバロウズだったから、即座にカットアップの中に複数の可能性を見てとった。

作家の意図との関係では、つぎのようなことが考えられる。カットアップは作者の側からみると、自分の意図という偏狭なものを打ち破る方法である。自我を乗り越える方法である。また、ことばというのは実は強力な力をもっているもので、人間はふつう、語彙や文法や文脈の約束事に支配されて、きわめて因習的な、ありきたりな、紋切り型のことばかりを口にするよう条件付けられている。自分の意図だと思って言っていることでも、かなりの部分

80 —— Odier, 1989, p. 27など。

はことばの意図なのだ。ことばの流れが言わせていることなのだ（このような意味を含んで彼は「ことばは一種のウィルスである」と言っていた）。だからたいがいの文章は条件反射のように自動化されたことを反復しているばかりで、ほとんど何の意味もなく、力を失っている。ことばの流れのコントロールに縛られている限り、有限の文、すでに知られている文、予測可能な文しか生まれない。そこにランダムな要素を導入することで自動化の流れを断ち切ることになるのがカットアップだ。ランダム化によって、意味を刷新して、自分の意図もことばの意図も超えた新しい意味を発生させられる。意味がつながらない文、意味がおかしい文によって、意味のコントロール、文法のコントロール、つじつまのコントロールから逃れる道を作る。また、人が常にことばによって、そういうコントロールのもとに置かれていることを意識させる働きがある。芸術というのはそのようにすっかり馴化されてしまっているものに新しい要素を放りこむことによって刷新し再生するのが任務だ。

あるいはまた、人間の日常というのは実は絶えざるカットアップである。人間の時間は首尾一貫したひとつながりの意味の流れによって構成されているわけではけっしてない。人とおしゃべりをしている途中で突然電話がかかってきて別の意味の流れが唐突に接続され、犬が鳴き飛行機が飛ぶ騒音が差しはさまれ、そこに荷物の配達がやってきて流れは切断される。知覚の体験は無数の無関係な断片のパッチワークである。何かを言いかけたところ、知覚しかけたところで、完結する前にもう次のイメージが飛来してやってくる。脈絡もなく一瞬だけ脳裏をよぎって過ぎ去ってしまう意味やイメージも無数にある。カットアップはこのような知覚の現実を表現する一種のリアリズムの方法でもあるのだ。

しかし、カットアップの可能性はそれだけではない。たとえば、ある作家の既存の文章をカットアップすることによって、その作家が意図的に書きこんだものとは別の意味を発する文章ができる。それは何なのか。それは誰の意図した文章なのか。それは実は、その作家が自分では意識せずに考えていたことではないのか。あるいは彼が無意識的に隠蔽しようとしていたことなのではないか。あるいはまたそれは、その作者が誰からどのような指令を受けているのか知らないまま（バロウズ自身の場合のように）書きこまされていたものなのではないか。あるいは彼が、何者かの手先、エージェントとして、悪意をもって隠れて書きこんでいた暗号のようなものなのかもしれない。その暗号化された意味はサブリミナルなメッセージとして、読み手も意識しないまま受け取っているのではないか。そうだとしたら、書き手も読み手も気づかないまま、実はこの世では常時隠れた次元の意味がやりとりされている。それは何者かが、実はわれわれを支配し、管理し、コントロールするためにやっていることなのではないか。表面ではまったくあたりさわりのないことを言っているように見える文が、実は隠れた次元ではとんでもないメッセージを伝達しているのかもしれない。だとすると、カットアップは、そのような管理＝コントロールを行なおうとしている勢力の意図を暴くことによって管理＝コントロールに抵抗するための武器になる。それは反対に、サブリミナルなメッセージを伝達することで敵をくじく武器としても使えるということにもなる。カットアップが単なる文学的な手法ということをはるかに越えたものである、とバロウズが言うのはこのような意味においてのことだった。

さらにまたカットアップは、バロウズが求めていた非常に具体的な、「利用可能なテクニック」でもあった。つまり、自分がミーディアムの状態になっていないとき、ディクテーションを受けられないときでも、「宇宙の潮流」に接続して、そこから何かを汲み出してくるテクニックだったのだ。

それは、自我を乗り越えて宇宙の潮流に接触してその流れを取りこむ方法のひとつであり、ランダム化によって芸術を再生する方法である。そしてまた、コントロールと戦う武器である。そのようないくつもの関心の重なり合いから、一九五九年以後のバロウズは、文章だけでなく録音機を使ったり、映像を使ったりしたさまざまな種類のカットアップに熱中していった。もともと『裸のランチ』は、直接的なつながりのない、前後関係のない断章を、偶然的な順番に並べたコラージュ的な作品だった。彼はもともと、自分の書いた文章を放り出して、それが自然になんらかのつながりをもつようになっていく、という形で作品を構成して（構成しないで）いた作家だった。その点で、カットアップ以前から、かなりカットアップ的な方法で作品を作っていたとも言える。だから、移行はなめらかに、そして一気に進んだ。その時代は十数年間続き、彼が活動の本拠を一九六〇年にロンドンに移してからさらに昂進したようだ（ビートルズの「レヴォルーション#9」は録音機を使ったバロウズのカットアップの直接的な影響下で作られた）。この時期のバロウズにとっては、社会と戦う武器としてのカットアップという側面が圧倒的に一番重要で、誰が誰の手先《エージェント》なのか、という猜疑がふくらんで、ある種のパラノイアになっていたほどだという。

　この時期にできあがったものが『ソフト・マシーン』『爆発した切符』『ノヴァ・エクスプレス』といった作品であり、いずれも有名な作品だが、カットアップによる意味の切断が強力で、なかなか読み通しにくい作品だ。わかりにくいのはそれが、「作品」というよりも「武器」ということを意識して作られたものだったからだろう。ただし、バロウズはオリンピア・プレス版の『ソフト・マシーン』においては、カットアップの割合が多すぎた点に不満を覚え、[81]合衆国版を用意した際、物語的連続性を増すように大きく改訂している。ちょうど作品の中でカットアップと非カットアップの文章が入れ替わりあらわれて、往復運動しながら進んでいくのと同じように、彼自身の意図もその両者の間でずっと揺れていたのだと言える。一九七〇年ごろ、『ワイルド・ボーイズ』のあたりからは、カットアップの比重が確実に下がって、ストレートな語りの割合がずっと増えてくるのである。

　カットアップの作品には『裸のランチ』に収録されずに残った多数の原稿が流用されたり、

81 —— Ansen, 1986, p. 29.

カットアップされたりして利用されているので、シチュエーションやキャラクターに共通する部分はある。しかし、すでに見てきたように、『裸のランチ』はカットアップの実験以前の作品なので、六〇年代、七〇年代初頭のバロウズのカットアップ作品と『裸のランチ』は、狙っているところとして重なっている部分がたしかにあるのだが、やはり大きく異なった系統に属しているのだ。

ただ、『裸のランチ』のいちばん最後のセクションになっている「萎えた前書き」の部分だけは、一九五九年に書かれたとあり、そこでは、とくに最後のほうに行くと、カットアップにかなり近いことが行なわれているのが見てとれる。段落単位でのシャッフル、文単位のシャッフルはこのセクション全体の特徴であり、広範に行なわれている。それに加えて、一部で単語単位でのシャッフルが試みられているようなのだ。これが書かれ、構成されたのはブライオン・ガイスンがカットアップを発見する少なくとも二か月程度は前のことなので、原稿のページを縦に半分に切って別のページの半分と貼り合わせるという具体的な方法にはまだたどり着いていないのだが、かなり似通ったことをすでに試みていたことがわかる。しかし、これ以外のセクションは、五七年にすでに書き上がっていたので、ねらいも手法もかなり異なっているのだ。[82]

一九八一年にバロウズが『赤夜の六都市』を出したとき、彼は「復活」したと言われた。カットアップの迷路の中から脱出した新しい領域に出たとされたのだ。

それ以後もバロウズは、限定的なかたちでカットアップを利用しながら、作品においては作者の自我や意図が関与しなければしないほどいい、自分はミーディアムになればなるほどいい、という理想を抱き続けた。それがやがて、ショットガン・ペインティングと呼ばれる偶然性を重視した彼の絵画作品にまでつながっていくわけだが、それはまた別の物語である。

一九八〇年代に出された『赤夜の六都市』と『西方の地』は、僕にとっては『裸のランチ』と並んで何度でも読むことができる本だ。汲んでも汲んでもまだ湧き出してくる。まだ底まで覗きこめていない。

それについては、また、いつか。

82 ──「萎えた前書き」の末尾には「タンジェ、一九五九年」という時と場所の記載があり、これが執筆終了の場所と時であると見えるようになっているが、これまでに見てきた事情から、この記載は虚偽に近い。「萎えた前書き」の部分だけに関してであれば、それは「パリ、一九五九年」であり、『裸のランチ』全体としては、「萎えた前書き」を除けば「タンジェ、一九五七年」のほうが事実に近く、全体の完結としてはやはり「パリ、一九五九年」である。バロウズは一九五九年にはタンジェに行っていないはずだ。しかし、『裸のランチ』発表時のバロウズは、すでにパリに住んでいたにもかかわらず、『シカゴ・リヴュー』などでも積極的に「現在はタンジェ在住」として紹介されている。タンジェ在住というエキゾティシズムが利用されたのである。

9――エピローグ　記憶の中の人たち

父親としてのバロウズ――

　ウィリアム・バロウズには子供がいた。一九四七年七月、彼が三十三歳のときに生まれた息子で、名前は彼自身とまったく同じウィリアム・S・バロウズだった。区別するために末尾に「ジュニア」とつけたり、「III」（三世）と書いたりする場合もあったが、家族内では（といっても、バロウズ・ジュニアにとっての「家族」というのは、欠けているメンバーがひじょうに多い、並外れた形態のものとなったわけだが）、簡便に「ビリー」という通称で呼ばれていた。バロウズ父のほうはたいがい「ビル」と呼ばれ、自分でも親しい相手あての手紙にはそのように署名していたので、たいがいはそれで区別がついたが、息子ビリーのほうも自分の友人たちの間では「ビル」と呼ばれることが多かったようで、一九七〇年代、父と子が手紙をやりとりするようになると、冒頭に「親愛なるビル」と書きはじめて、末尾に

「ビルより」と署名して終わる手紙が双方向的に見られるようになった。

しかし、息子から父親にあてた手紙においては、父親のことを何と呼んで書きはじめるか、ずいぶんと呼びかけの種類が多く、どれほどわだかまりのない文面であっても、その背後にはいつも定まらない心があることがわかる。"Dear Pa""Dear Father""Dearest Father""Dear Dad"そして"Dear Bill"——少なくともこれだけのヴァリエーションがある。どんな父子関係においても、成長した息子が父親に呼びかける際には、気持ちにぴったりと来る呼び名がなかったり、何と呼んでもむずむずしたり苛々したりして、心もちの複雑さがかならずやあるものだろうが、ウィリアム・S・バロウズ・ジュニアの場合、その複雑さにはやはり並外れたものがあった。もともと彼には、何も考えずに無心に父親に呼びかけた記憶がなくなっていたのだから、何と呼んでみても不自然なものが立ちこめて揶揄的なムードが漂うのは避けようがなかった。

ビリーが生まれたのはテキサス東部ニューウェイヴァリーの農場にバロウズ一家が暮らしていたときのことだ。一家とは、バロウズと妻ジョーン、そしてジョーンの連れ子で当時四歳だったジュリーのことだ。このころジョーンはすでに長く覚醒剤の依存症で、毎日インヘーラーの「ベンゼドリン」を二本程度、分解して嚥下するなどの方法で常用している状態だったが、本人もまたバロウズも、そのことと胎児の関係を真剣に考えた様子はない。一時期同居していたハーバート・ハンキーが多少気にかけたことがあった程度のようだ。ビリーが一歳になる前に一家はこの農場を引き払ってニューオーリンズに引っ越し、さらに彼が二歳になって間もなくメキシコ・シティに移り住んだ。そしてメキシコ・シティの都心のアパートで母親ジョーンが殺されたのはビリーが四歳のときのことだった。ビリーはこの事件の現場に彼自身もいたかのように口でも文章でも述べていたようだが、実際には幼い姉弟はその晩、自宅アパート近くの知りあいのメキシコ人の家に預けられていた。

この日を機に、ビリーは突如母親と父親の両方を奪われることになったと言っていい。母親と永遠に切り離されたのはもちろんのことだが、父親とも切り離されたのだ。以後、彼は、一九六〇年代初頭の数か月間のタンジェ滞在を別にして、生涯二度と父親と一緒に暮らすことがなくなった。ジュリーはジョーンの親に引きとられ、バロウズもビリーも二度と会うことがなかった。

ビリーは、事件の知らせを聞いてメキシコに駆けつけたバロウズの兄に連れられてアメリカ合衆国にもどり、しばらくは伯父夫婦の家で、その後はずっとバロウズの両親の家（セントルイス、翌年からはフロリダ州パームビーチ）で育った。ビリーの祖父母にあたる彼らはこのときすでに六十代半ばだったが、ビリーは祖母のことを「マザー」と呼んで育った。本当の母親は死んでしまっていて実在しないので、代わりにすぐ近くにいた別の女の人のことを母と呼ぶようになったわけだ。しかし、父と呼ぶべき人は、遠い異国の町（最初はメキシコ・シティ、二年後からはタンジェ、そのさらに四年後からはパリ、そしてロンドン、またはニューヨーク）に住んでいて近くにはいないものの、たしかにどこかに実在していることはわかっているので、近くにいる別の男の人のことを代わりに父と呼ぶようになるわけにはいかず、結局ビリーは、母親が実在しないがゆえに母がいて、父親は実在するがゆえに父がいない、という逆説的な切り離され方の中で育つことになった。後年、ビリー自身が書いたところによれば、彼は父親とは「それからの十年間に三回会った」[83]だけだったから、彼は誰かのことを「お父さん」と呼びかけるチャンスをもつことがなく、その呼び方に生涯慣れることがなかった。ビリーは祖父母の家で、「お父さんは遠くの国に探険に行っているのだ」と思いこむように仕向けられていたという。

ただし、一九五一年からの「十年間に三回」というのは、おそらく文学的な効果をねらったレトリックで、ビリーの作品の記述を信頼するなら実際には会う機会が四回はあったと計算できる。第II部で詳しく述べたように、バロウズは一九五三年に長い南米旅行に出かけているが、その前と後にパームビーチに立ち寄っている。また、タンジェに住みはじめた五四年にも十月から十一月にかけて一か月以上、アメリカ合衆国に一時帰国してニューヨークとパームビーチを訪れている。これだけで「三年二か月間に三回」になる。さらにビリーが十二歳になったころにもう一回パームビーチを訪れているとビリー自身が書いているので、[84]これを入れると「八年間に四回」になる。実際にはビリーの作品は、日付や年齢やデータという面では信用できないところがあり、十二歳のとき、すなわち一九五九年ないし六〇年のバロウズの訪米についてはどの記録にも出てこない。もしこの訪米がなかったとすると、五四年の一時帰国から以下に述べる一九六三年夏の再会までの間には九年のブランクがあったことになり、この再会の前までで計算して、結局「十二年間に三回」と考えるのが正確なのかもしれない。

しかし、バロウズのほうでは、少なくとも当初は、一生涯息子と別々に暮らすことになるのを意図していたわけではないようだ。一九五三年の南米旅行は、ヤヘを探しにいくという目的だけでなく、ビリーと一緒に落ちついて暮らせる場所を探しにいく、という副次的な目的がたしかにあった。それが旅の前と後でのパームビーチ訪問となって表現された。しかし、南米でその安住の地が見つからず、そこからさらに安住（安く住む……）の地を求めてタンジェ、パリ、ロンドンと移り住んでいくうちにあっという間に十年が過ぎてしまい、その空白の長さが「十年間に三回しかなかった」という印象になってしまったのだろう。

その十年はバロウズが作家となる十年、自分を「書く機械」に作りかえていく一年だったわけだが、まさにそれゆえにできあがったふたりの間の溝は、バロウズにもビリーにも、一生涯埋めることができないほど深いものとなった。激しい敵対というよりも（そういう側面

83——ビリーの自伝的な小説『ケンタッキー・ハム』。Burroughs Jr., 1993, p. 199.
84——Burroughs Jr., 1993, p. 201.

も背景にはたしかにあるのだが）、ぎくしゃくした関係、言いたいことが言いたいかたちで言えない、伝えたいことが伝えたいかたちで伝わらない関係が彼らの基本形となった。

フラットな関係――

ビリーが幼いころの最初の数回の父の帰還訪問時は、祝祭のような熱狂がビリーの中にも家族の中にも生まれて、パームビーチのはずれの安ホテルの父の部屋に駆けつけた息子と「探険から帰ってきたお父さん」との間には、乱暴で型破りながらもたしかに濃密な双方向的な交歓《シンパシー》が成立した。父が演劇的に語るワイルドな冒険譚にビリーは魅了されて聞き入った。しかし、息子がティーンエージャーになるまでの数年間（四年、あるいは九年[85]）の断絶を経てふたりが再会したとき、その関係は、互いに駆け寄って抱きあうようなものから、かしこまって握手を交わすようなものへと変容していた。九年後にはたしかに年長のオス猿と若いオス猿との間のような、警戒心に縁取られた関係に一気に変容していた。

それがビリーが十六歳になる一九六三年の夏のことだ。この夏、バロウズはフロリダから息子をヨーロッパに呼び寄せた。パームビーチの自宅でビリーが誤って友人の首をライフルで撃って瀕死の重傷を負わせる、という事件を起こしたり、転校をくり返したりしていたのがきっかけだった。祖父母に見送られてマイアミからひとりで飛行機に乗ったビリーを、バロウズがリスボンの空港で出迎えた。そこからふたりでタンジェに向かった。この時期、バロウズはロンドンの中心部のアパートを本拠としていたが、頻繁にモロッコを訪れており、この年もボーイフレンドたちとともにタンジェで夏を過ごすことにしていた。ビート文学に関する本には、バロウズが両手でぎこちなくカメラをもってギンズバーグの隣に立っていて、ポール・ボウルズがまぶしそうに地面にすわっていて、他にグレゴリー・コーソ、アラン・アンセンらのビート関係者やそのボーイフレンドたちが総結集している有名な写真がよく載っていて、それは一九六一年にギンズバーグのカメラで撮られたものだが、六三年にもその顔ぶれの一部がタンジェに集まっていたのだ。そこにバロウズはビリーを連れていき、自分のボーイフレンドであるイアン・サマーヴィル、マイケル・ポートマンらとの共同生活を試みたのだ。[86]

生涯最後となるこの父子の共同生活は翌年の一月までの半年ほど続いたが、二人の関係は最後までまったく接近せず、双方がそれぞれ別個に悲痛さばかりを蓄積する機会となった。

85——十二歳のときの訪問があったならば空白は四年、なかったならば九年。

86——ちょうどビリーの滞在中に『エスクァイア』誌がタンジェの外国人社会の取材に訪れ、バロウズがテクストを書いた記事が、写真とともに一九六四年九月号に掲載された。数少ない父子の写真がその号には載った。

一九六二年にはアメリカ合衆国でも『裸のランチ』全篇が刊行され、同年のエディンバラ作家フェスティヴァルでメアリー・マッカーシーやノーマン・メイラー、アレクサンダー・トロッキら複数の作家の擁護を受けて先鋭な名声を得ていたものの、バロウズはまだ猥褻裁判の途中であり、引き続く作品『ソフト・マシーン』も『爆発した切符』も、難解なことで知られるパリのオリンピア・プレス版だけが出ていて、イギリスでもアメリカ合衆国でもまだ出版されていない段階だった。実験的なテクスト（カットアップやフォールドインなど）を世界各地の前衛的な小マガジンに乞われるままに送付するのを主な活動としていて、いわばバロウズが最も実験的でアクセスのむずかしい文章を書いていた時期である。彼は息子と何かを一緒にやることもほとんどなく、ほとんど息子にかまう態度を見せなかったようだ。息子の側もかまってほしいとは表現できず、壁を隔てて隣の部屋でわざと邪魔になるように深夜にギターを弾き鳴らすような方法で鬱屈を伝えるしかなかった。バロウズ父はそれを壁ごしに聞いて、ひとりディスコミュニケーションの悲しみに暮れていたことを後年、語り残している。[87] ふたりは壁を隔てて泣きあっていて、しかし、その思いを口にすることができなかった。ビリーの母親との間の事件について、このときもその後も、ふたりは一度もまとまった話をすることがなかったという。[88]

最初から何もかもがちぐはぐだった。バロウズはタンジェ到着後まもなくホモセクシュアルの外国人の集合場所になっているバーにビリーを連れていき、数日後にはキフ喫煙用のパイプを買いあたえるなどして、最初から完全に若い大人として遇した。自分にとってはそれが生活の中のふつうのことだったので、息子もきっとそれをふつうに受け止めてよろこぶと思ったのだろう。ところがそれはどちらもビリーにとっては、初めての、新奇なことで、記録にとどめておきたくなる程度にショックのある出来事だった。

息子を自分と対等の相手として扱うこの態度は、実はふたりがリスボンの空港で乗り継便を待つ間にすでにあらわれていた。空港ロビーで乗客の呼び出しアナウンスがあり、それが自分たちの名前に似ていたことでバロウズは一瞬体を固くして聞き耳を立てた。もう一度同じアナウンスがあって、名前が違っていることを確認すると、バロウズは息子に対して“We're cool, man.”と言ったというのだ。[89] 持ち物のことで税関や国境で緊張を強いられる生活を続けてきたバロウズ父ならではの実感のこもった一言であり、「俺たちのことじゃない、安心していい」というような意味だが、昔ながらの銀行家みたいな服装をした父親の口から出るのにはまったくふさわしくないそのジャイヴ・トーク的な言い回しと、若者同士のようなmanという対等の呼びかけにビリーは少なからぬ違和感をおぼえた。それはしっかりと

87 —— Morgan, 1991, p. 200.
88 —— Ohle, 2006, p. 33.
89 —— Burroughs Jr., 1993, p. 203.

記憶に留めて十年後に出版した本に書き記すことになった程度に強い印象だったのである。

バロウズは自分よりもずっと年齢の若い男性との関係というのにはだいぶ前から慣れていた。彼のまわりにはいつもそういう若者たちがいた。だからこのようなジャイヴ・トーク的な対等さが彼にとっては男同士の関係の標準だった。イアンは知りあった当時ケンブリッジ大学の学生だったし、作品のファンとしてビート・ホテルに押しかけてきた大金持ちのどら息子マイケル・ポートマンも最初は十七歳だった。だから、バロウズとしてはおそらく、そういう友人たち、恋人たちに対したのと同じようなやり方で十六歳の息子を遇したのだ。平等な関係にあるひとりの大人として、オスとして。対面はおそらく九年ぶりだから父親の側からすれば相手は今やほとんど初対面のような、見覚えのない、見分けのつかない若者であり、肉体の大きさは、バロウズより背丈は低いものの、ごく一般的な大人のサイズだ。それはだから、要するに初めて会うひとりの若者なのだ。そのような相手に対して、バロウズはこのような、ひとりの大人としての遇し方しか知らなかった。家庭で日常的に目にしている高校生の息子であれば子供としての側面をまだ大いにもっていることがわかるが、私服姿の見知らぬ高校生はすっかり大人に見えてしまう。十六歳になったばかりの相手なのに、バロウズは外見にだまされて、二十歳や二十五歳ぐらいの相手に見せるような態度をとったのだ。ところが、息子の側からすれば、父親は記憶の中の父親、写真の中の父親と映像的にはほとんど変わっていないので、態度や扱いの違いがものすごく大きく感じられたのかもしれない。

すでに述べたように、これはビリーが十六歳だった一九六三年のことなのだが、ビリーは一九七三年に刊行した二作目の小説『ケンタッキー・ハム』の中で、このタンジェ滞在を、十四歳のときのことと明記して書いている。[90] 自分が十六歳のときにあった体験を、わざわざ「僕」という主人公が十四歳のときのことだったと改変して書いているのだ。作品の中でとくに大きな意味をもつわけではないようなのに、どうしてこのような奇妙な改変がなされたのだろうか。それは、自分が父親からこのとき受けた扱いがいかにも年齢にふさわしくない、少なくとも自分の精神的な年齢にふさわしくないものだったことを際立たせるためだったのかもしれない。父がひとり勝手に思いこんだよりも自分が気持ちとしてずっと幼い存在だったことを言いたかったのかもしれない。あるいはまた、十四歳の少年を「おかまバー」に連れていったり、キフを吸わせたりしたと書くことで父親の「不適切性」をさらに強調したかったのかもしれない。

いずれにせよ、たしかに、たとえ息子と友人や恋人が同じ年齢だったとしても、恋人との関係と、息子との関係はふつうはまったく異なるはずだ。どれだけ年齢差があっても、恋人

90 —— Burroughs Jr., 1993, p. 202. デイヴィッド・オーリーがバロウズ父からの依頼に基づいてビリーの作品と手記と、その他の証言を編集して構成したビリーの評伝には、このときの年齢を十六歳と修正した作品のテクスト抜粋が収録されている。Ohle, 2006, p. 11.

との関係はすぐに完全に対等なものになるからだ。年上の側も年下の側も、どちらもが、対等という感覚をすぐにもつようになる。それは場合によっては思いやりもなく言いたいことを全部言うことにもなり、シチュエーションによっては、好きなように勝手にしなよ、という、相手の自由を完全に尊重した、見方によっては突き放したような、ひじょうに冷淡な態度のもとにもなる。男同士であればなおさらそれは、角を突き合わせるような、対等で即物的なものともなるだろう。あるいはまた、恋人同士の間では逆に、年下の側のほうが肉体的、性的魅力によって立場が逆転して強くなる場合も大いにある。

そのような対等の相手と、好きか嫌いかという感情によって結ばれて、それが途絶えればいつでも切ることができる関係だけに絞って生きてきたバロウズにおいては、人間関係は上下関係のない、フラットなものが標準になっていたのだ。そこでは親子関係を特徴づける、上に立った者が下に立つ者に対して、成熟した者が未熟な者に対して、お前のことを思いやってあげているんだよ、と語りかけるような、おしつけがましい、保護者的な、まさに父親的な、パトロナイジングな態度は成り立たない。成り立たせたくないし、成り立ってはならない。そんなものがあったらその関係はすぐにうまくいかなくなる。年下の男性と長く暮らしてきたバロウズは、そのような態度を排除することに腐心して生きてきたのだ。だから彼は、本当の息子であるビリーを相手にしたときにも、父親的な、保護者的な、パトロナイジングな、教育的な態度を関係の中にもちこみたくなかったし、実際、もちこむことができなかった。やったことがなかったからだ。そのことは、エズラ・パウンドの息子が校長を務めるタンジェのアメリカン・スクールに入学したものの、三日通っただけでなんとなく登校しなくなってしまったビリーに対して、父親バロウズが、どうしても行けどうしても行け、と言い続ける根拠を見出せず、あるいはそう教えさとし続ける格好悪さ、面倒くささに耐えられず、結局そのまま容認してしまったことに如実にあらわれているだろう。彼はたしかに高校生の親として失格だったのだ。

そして、結局このフラットさが、その後の生涯を通じてこのふたりの関係の基本となっていった。それは、ビルとビルという同じ名前をもっていたことによって促進されていった面もあっただろう。大人になった父と子の関係としてそのようなフラットさ自体は悪いものではないだろうが、おそらく彼らの場合、それが早く始まりすぎたところに不幸があった。その按配をはかるのはどこの家庭でもむずかしいことだから、長く息子から離れていたバロウズにはまったく不可能であり、そのことをビリーは「十四歳」と書くことで強調して指摘していたのだ。

ビリーは結局、半年ほどタンジェに滞在して「ファゴットばっかりの家」に暮らしたのち、フロリダの祖父母の家にもどった。バロウズは自分だったら、タンジェなどというエキゾティックな土地を十六歳で訪れたなら、その異郷性に熱狂していたはずなのにと思ったが、ビリーはそうではなかった。彼はハンバーガーが食べたかった。ケルアックと同じように、アメリカ合衆国の安易と利便と、英語が恋しかった。そしてまた、ビリーは結局、ホモセクシュアルな関係になじめなかった。

レクシントン再訪——

アメリカに帰ったビリーはそれからの三年の間に、祖父が死に、その影響で祖母が急速に衰えていく中で急激にドラッグにはまりこんでいった。彼が『裸のランチ』をぼろぼろになるまで読んだのはこの時期のことだ。そしてその後のビリーの人生は覚醒剤とヘロインと、そして最終的には酒の常習の中で進行していく。

一九六六年、高校卒業直後に、彼は遊びにいったニューヨークで二度覚醒剤所持でつかまったが、未成年だということで訴追を免れた。その経験を彼はのちに『スピード』(一九七〇年刊)という第一作の小説に書くことになる。しかし同じ年の末、十九歳で今度はフロリダの薬局の店頭でベンゼドリンの処方箋偽造で現行犯逮捕されると、正式な裁判になった。この事件が不起訴にならず、裁判になるとわかった時点でバロウズはロンドンからフロリダに呼びもどされた。昔、彼が警察の世話になるたびに父親が保釈金を払ったり、身柄を請け出したりしていたのと同じことを、今度は自分がしなければならない立場に置かれたのだ。前回、あれほどいやでうまく果たすことができなかった保護者としての、父親としての役割を果たすように、いわば息子の側から無理やり突きつけられたのだった。もう一度そのチャンスをあたえられたのだと言ってもよかった。それをバロウズはうまく生かせたのだろうか。

まず彼は、昔の経験を生かして警察や検察の手法というものをビリーに教えこんだ。そしてまた、裁判の受け方を指導した。彼が生まれて初めて父親的なことをしたのがこれだった。また、検事との取り引きについて弁護士と交渉したりした。その甲斐があって、ビリーは刑を科されず、四年間の保護観察という処分になった。四年という年数は長かったが、重罪《フェロニー》とされる可能性のある事件だっただけに処分としては軽かった。そのかわり、薬物の常習治療のためにケンタッキー州レクシントンにある「合衆国公衆健康サービス病院」に入院することを命じられた。それがバロウズの側が持ち出した取り引きの交換条件だったのだ。

この病院は旧称で「連邦麻薬農場《ナーコティックス・ファーム》」と呼ばれたり（昔は治療と更生のために農場での作業があった）、それをさらに縮めて「ナーコ」と呼ばれたりしている事実上の医療刑務所だったが、バロウズの昔のジャンキー仲間の間では、常習がひどくなってどうにも首がまわらなくなると、巡礼に出かけるかのように助けを求めにいく一種の名所であり聖地だった。実はビリーが東テキサスの農場で生まれた四か月後にあたる一九四八年一月に、バロウズ自身、ヘロイン常習治療プログラムを受けるためにここに自発的に出向いて一か月ほど入院したことがあった——自発的入院と強制入院の二種類の患者がいる施設だった。

そのおなじみの巡礼先にバロウズは、保護者として息子を送り届ける責務を負うことになった。一九六七年二月、ビリー十九歳、バロウズ五十三歳のときのことだ。バロウズが『ワイルド・ボーイズ』などを手がけているころだろうか。十九年前、バロウズはニューヨークから鉄道でケンタッキーに向かったものだったが、今度はフロリダからふたりで飛行機に乗った。

作品の中で、乗り物による移動のプロセスに何の意味づけも付与しないところにバロウズの即物的な、直截な感受性があらわれていることはすでに述べた。移動の過程を楽しんだりすることはなく、彼にとっては、とにかく目的地に早く確実に着くことができさえすればそれでいいのだ。ところがビリーはそれとはちがった。彼はケルアックに似ていて、「道中」にひっかかる人だった。つい寄り道をしたりして「目的」を見失いがちな人だった。彼がこれらの経験を描き出したふたつの作品は、『スピード』も『ケンタッキー・ハム』も、『オン・ザ・ロード』に通じるところのある移動の物語がかなりの部分を占めており、旅の目的が次第に見失われていく「道中」の記録という側面がある。しかもビリーは飛行機恐怖症だった。体質的にも移動のプロセスにこだわってしまうたちだったのだ。そのうえ禁断症状に苦しんでいた（逮捕後の保釈中も平気でヘロインを使用していた）。そして運の悪いことに、パームビーチからレクシトンには直行便がなかった。こうした条件が重なって、最初の飛行機にはおとなしく乗ったものの、ビリーはアトランタでの乗り継ぎの段階で次の飛行機に乗れなくなった。頑として乗るのを拒んだ。どれだけバロウズ父が説得しても無駄だった。早く到着したほうがどれほどよいのか、それを説得するためにバロウズは、病院に入るとまず最初に禁断症状を和らげるために注射を打ってもらえるその純度の高い一撃のとろけるような美味を経験をまじえて説いたが、ビリーには効かなかった。

そこでどうしたのか。どう考えても異様だが、バロウズは結局、息子にレクシントンまでの列車の切符を買いあたえ、自分は予定通り飛行機でレクシントンまで飛んだのだ。先に行っているから予定のホテルで落ち合おうという、やはり大人同士のフラットな取り決めだった。彼は結局やはり、保護者役を最後までやり通すことができなかったのだ。

バロウズは取り決めた時間になってもビリーがいっこうに到着しないので、ビリーはこのまま立ち直れずに死んでしまうのではないか、とビリーの将来のことを思ってホテルの部屋で夜を泣き明かしたというが、その思いをビリーに伝えることはこのときもできなかった。結局ビリーとのコンタクトを確立できなかったのだ。

ようやく翌朝到着したビリーとともに真冬の平原をタクシーで横断して、レクシントンの麻薬病院に駆けつけた。その受付入口にて――

「あんたらふたりの、どっちが入るんだ?[91]」

ふたりは検閲されることになる手紙で使用する暗号について取り決めたうえで、握手をし

91 ――Burroughs Jr., 1993, p. 223.

て別れた。バロウズはロンドンに帰った。

コンタクトの渇望——

しかし、最終的にビリーを追いつめたのは、覚醒剤でもヘロインでもなく、アルコールだった。自由の身になって二十一歳になると、ビリーは酒を飲みはじめた。これこそがどこでも合法的に手に入って、いくらでも摂取できる究極のドラッグだった。

その年、六八年にはニール・キャサディが死に、六九年にはジャック・ケルアックが死んだ。七〇年にはバロウズとビリーの両方が「マザー」と呼んでいたローラ・リー・バロウズ

が死んだ。彼女は三年前からセントルイスの老人ホームに入っていた。老人ホームに入っている母親のもとをバロウズは一度も見舞うことがなかった。「怪物的すぎて後悔することすらできないひどい過ち」[92]と彼が何度も書きつけることになった過誤のひとつだ。六八年ごろからバロウズはアメリカ合衆国を訪れる機会が急に増えていたが、にもかかわらず一度も母親のもとを訪ねる機会を作らなかったことを悔いたのだ。一方ビリーは、痴呆になってビリーの名前までわからなくなった祖母のもとを稀に訪れて、「人の名前がごっちゃになってしまっただけで、誰が誰なのか、中身はちゃんとわかっている」と作品の中に書きつけた。[93]

成人したビリーが覚醒剤での逮捕経験（『スピード』）や、レクシントンでの入院経験（『ケ

ンタッキー・ハム』）を描きこんだ二冊の自伝的な小説を出版したのがこのころ、一九七〇年代初頭のことだ。対等の男同士としてのふたりの関係がようやく実を結び始めたのがこのころだったのかもしれない。若い新進作家と、この十年ほどあまりすぐれた作品を書いていない老前衛作家のふたりが、お互いの作品について感想を述べたり意見を聞いたりアドバイスをしたりして、ようやく話ができるようになった一時期だったように見える。ただし、言いたいことが言える主なメディアはどちらにとっても、主に手紙だった。そして、バロウズがパトロナイジングな態度を自然ににじませて話せるようになったのは、作家としての生活にかかわる部分、書く機械としての自分についての部分だった。「若い作家に対して私があたえられる最も基本的で最も重要なアドバイスといえば、財政に留意せよということだ」とか、「出版社から原稿を確実に返してもらっておくように。あとで売れれば金になるから」といったプラグマティックなアドバイスを書き送っている。[94] また、折々に一〇〇ドル、五〇〇ドルといった小切手を送って息子の生活を支えているのもこのころからだ。

バロウズは七四年からロンドンを引き払ってニューヨークに住みはじめた。二十五年ぶり

92 —— *My Education*, pp. 128–129; *Last Words*, p. 114. 母親の死後のバロウズの作品にはこの一節が他にも何度か使われている。詩人エドウィン・A・ロビンソンの一節の引用。

93 —— Burroughs Jr., 1993, p. 304.

94 —— Ohle, 2006, pp. 70, 115.

の合衆国での定住だったが、ちょうどそのころからビリーは、結婚したり別れたり復縁したり、また離別したりしながらアメリカ国内の各地を転々として暮らした。ジョージア州サヴァンナ、アトランタ、コロラド州ボウルダー、カリフォルニア州サンタクルス、フロリダ州……。その間、妻が逃げ出すほど、そしてアルコール依存症治療が必要になるほど、病的な調子で酒を飲んでいた。

バロウズはこの時期に『隠遁日誌』(*The Retreat Diaries*, 1976)という小冊子を小出版社から刊行している。これはアレン・ギンズバーグのグルの教えに従って、七五年八月の二週間、人とも社会とも関係を断って東部ヴァーモント州の奥地にこもった一種の修業生活の記録だが、そこで彼はカスタネダの著作にヒントを得て、夢見をコントロールする技法の練習をしている。そこで彼が夢見の願望の最大のテーマとして書きとめているのは、家族や知人とコンタクトをとる夢だ。「誰々とコンタクトをとりにいく」というフレーズがくりかえし出てきて、その結果の夢を素材とした文章が書かれている。「人とのコンタクトを確立するための技術」、「利用可能な技術」というのを彼は『クィア』のころから求めていたわけだが、それから二十五年後のこの時期になってなお、これが彼にとっては相変わらず大テーマだったのだ。愛して、コンタクトを求める、しかしうまくいかない。その痛みと悲しみが、バロウズの出発点にあった。ヴァーモントの原野の小屋の中で、ブライオン、イアン、ポール・ボウルズなど遠くの国に住んでいる友人たちと並んで、バロウズはやはり遠くに暮らす「ビル・ジュニア」にコンタクトを求めて夢の中に出かけていっている。しかし、彼は結局、一度もビリーの夢を見ることがなかった。

一九七六年の二月、バロウズの六十二歳の誕生日にイギリスでイアン・サマーヴィルが死んだ。バロウズに誕生祝いの電報を打ちに出かけたその帰り道で交通事故にあったのだった。そしてその同じ年の八月、ボウルダーに暮らしていたビリーは七度の吐血のあげくデンヴァーの病院で肝硬変の手術を受け、その途中で昏睡状態に陥った。生存の確率は二十五パーセントと言われた。肝臓移植しか助かる見込みはないと診断された。二度目の吐血のあとで連絡を受けたバロウズはニューヨークからデンヴァーに駆けつけている。そのときすでにビリーは昏睡状態にあった。誰もがビリーの死を覚悟した。ビリー自身ものちに、このときそのまま死ぬつもりだったと言い、死んだほうがよかったと語ることになる。移植を受けられる見込みはまったくなかったが、五日後にまったく偶然の幸運により、同じ病院で頸動脈瘤の手術中に死んだ二十四歳の女性の肝臓をもらい受けることができた。取り出したビリーの肝臓には先天的な異常があった可能性が見られた。その後、バロウズ父子は翌年まで半年ほど同じ町に暮らした。

移植後のビリーは、四か月で退院したが、膿の除去や追加の手術で入退院をくりかえす生活になった。開腹手術の傷が、薬の副作用によって癒着しないという悪循環にも陥った。そのせいで仕事もできず、三冊目の作品（肝臓移植後の生活が主題だった）の執筆も進まず、生活保護を受けて暮らすようになった。にもかかわらず、ビリーは退院して二か月後にはまた酒を飲みはじめるという自己破壊的な傾向を強めた。

そんなことならばむしろ定期的なヘロインの投与によって飲酒の願望が生じないようにしたほうがまだ健康によい、とバロウズは、ヘロイン常用が健康に悪いわけではないという昔からの自説を主張してビリーの主治医に提案している。主治医もそれに同意して、七八年にビリーは医療用モルヒネの処方を受けるようになった。にもかかわらず、ビリーはまた飲みはじめて、処方を利用しないようになった。自暴自棄といってよかった。

結局ビリーは最後まで酒をやめることができず、一九八一年三月三日の未明、調子が悪いと言って担当のソーシャルワーカーに電話をし、彼の車で病院に連れていってもらい、一時間後、家族や友人の誰にも見取られることなく、病院で一人で密かに死んだ。フロリダ州ダーランド。三十三歳は、ビリーが生まれたときのバロウズの年齢だった。バロウズが初めてドラッグに手を出したのは三十歳のときだったが、ビリーは生涯のちょうど半分をドラッグとともに過ごした勘定になった。

このとき、バロウズはニューヨークに暮らしていて、一か月前に『赤夜の六都市』が刊行されたところだった。ビリーがその本を読んだのかどうか、バロウズは知らなかった。

ビリーの遺体は火葬に付され、グルの指導によりおよそ四十九日にあたる四月十九日、ギンズバーグがコロラドの山の中の聖地マーパ・ポイントに埋葬した。バロウズはその場にはいなかった。

　バロウズがビリーの母親の射殺時の状況を初めて文章に書いて説明したのは『クィア』のプロローグにおいてだ。この事件こそ、自分が作家となる原点だったことを彼は書き、自分のうちにこもった妄執を書き出していくことでしかその記憶から解放されえないと悟ったことが出発点となったと書いている。これはビリーが死んだ四年後、一九八五年二月に書いた文章だったが、まさにこれこそ、彼がその二十三年前、十六歳のビリーをタンジェに連れてきたとき以来、ビリーに語らなければならないとわかっていながら、真正面から一度も語ることができずにいたことだった。

『クィア』はもともと、七十歳で金に困ったバロウズが、昔から書きためて蓄積されていたたくさんの断片的な原稿を掘り出して売却した中の一点にすぎなかったものだが、バロウズがビリーと一緒に暮らしていた時期を中心として扱った唯一の作品であり、ビリーの母親を殺すに至る状況を間接的にではあれ明かしたものであり、ビリーにもっとも伝えておくべきだったことが書かれた本だった。

　もちろん、ビリーはこの作品も読むことができなかったのだから、これもまた、「後悔することすらできないひどい過ち」に違いなかった。

書誌

テクスト（括弧内は使用した版と異なる場合の初版刊行年）

Burroughs, William S. : *Junkie*, Ace Books, New York, 1973 (1953)

——: *Junky*, Penguin Books, Harmondsworth, 1977〔『ジャンキー』鮎川信夫訳、河出文庫、二〇〇三年〕

——: *Junky: the Definitive Text of "Junk", 50th Anniversary Edition*, Penguin Books, New York, 2003

——: *The Naked Lunch*, Postwar American Fiction 1945–1965, tome 25 (Reproduced by Rinsen Book Co., reprinted from the first edition originally published in 1959, from The Olympia Press, Paris); Kyoto, 1987 (1959)

——: *Naked Lunch*, Grove Press, New York, 1990 (1962)〔『裸のランチ』鮎川信夫訳、河出文庫、二〇〇三年〕

——: *Naked Lunch, the Restored Text*, Grove Press, New York, 2001

——: *The Soft Machine*, Grove Press, New York, 1992 (1961, 1966, 1968)〔『ソフトマシーン』山形浩生・柳下毅一郎訳、河出文庫、二〇〇四年〕

——: *Nova Express*, Grove Press, New York, 1992 (1964)〔『ノヴァ急報』山形浩生訳、ペヨトル工房、一九九五年〕

——: *The Wild Boys, A Book of the Dead*, Grove Press, New York, 1992 (1971)〔『ワイルド・ボーイズ〔猛者〕——死者の書』山形浩生訳、ペヨトル工房、一九九〇年〕

——: *Port of Saints*, Blue Wind Press, Berkeley, 1980 (1973)

——: *The Retreat Diaries*, The City Moon, New York, 1976

——: *Cobble Stone Gardens*, Cherry Valley Editions, New York, 1976
——: *Cities of the Red Night*, Holt, Rinehart and Winston, New York, 1981〔『シティーズ・オブ・ザ・レッド・ナイト』飯田隆昭訳、思潮社、一九八八年〕
——: *The Place of Dead Roads*, Paladin Grafton Books, London, 1987 (1983)〔『デッド・ロード』飯田隆昭訳、思潮社、一九九〇年〕
——: *The Burroughs File*, City Lights Books, San Francisco, 1984
——: *Queer*, Picador, London, 1986〔『おかま』山形浩生・柳下毅一郎訳、ペヨトル工房、一九八八年〕
——: *The Adding Machine, Selected Essays*, Arcade Publishing, New York, 1986〔『バロウズという名の男』山形浩生訳、ペヨトル工房、一九九二年〕
——: *The Cat Inside*, Viking Penguin, New York, 1992 (1986)〔『内なるネコ』山形浩生訳、河出書房新社、一九九四〕
——: *The Western Lands*, Viking, New York, 1987〔『ウエスタン・ランド』飯田隆昭訳、思潮社、一九九一年〕
——: *Interzone*, Penguin Books, New York, 1990 (1989)
——: *Paintings and Guns*, Hanuman Books, Madras & New York, 1994
——: *My Education, A Book of Dreams*, Viking, New York, 1995〔『夢の書——わが教育』山形浩生訳、河出書房新社、一九九八年〕
——: *Last Words*, Grove Press, New York, 2000
——and Allen Ginsberg: *Yage Letters*, City Lights Books, San Francisco, 1975 (1963)
——: *Yage Letters Redux*, City Lights Books, San Francisco, 2006〔『麻薬書簡〔再現版〕』山形浩生訳、河出文庫、二〇〇七年〕
——and Brion Gysin: "Ports of Entry" in *Grand Street* No. 59, Grand Street Press, New York, 1996, pp. 70–79
——and Jack Kerouac: *And the Hippos Were Boiled in Their Tanks*, Grove Press, New York, 2008〔『そしてカバた

ちはタンクで茹で死に』山形浩生訳、河出書房新社、二〇一〇年〕
Harris, Oliver, ed.: *The Letters of William S. Burroughs, 1945 to 1959*, Picador, London, 1993
—— : *Everything Lost, the Latin American Notebook of William S. Burroughs*, The Ohio University Press, Columbus, 2008
Grauerholz, James and Ira Silverberg, eds.: *Word Virus, the William S. Burroughs Reader*, Grove Press, New York, 1998
Odier, Daniel: *The Job, Interviews with William S. Burroughs*, Penguin Books, Harmondsworth, 1989 (1974)

直接に引用・言及等で利用した文献

Ansen, Alan: *William Burroughs, an Essay*, Water Row Press, Sudbury, 1986
Bowles, Paul: *Without Stopping*, The Ecco Press, New York, 1972〔『止まることなく——ポール・ボウルズ自伝』山西治男訳、白水社、一九九五年〕
—— : *The Sheltering Sky*, Vintage, New York, 1990 (1949)〔『シェルタリング・スカイ』大久保康雄訳、新潮社、一九九一年〕
—— : *Let It Come Down*, Black Sparrow Press, Santa Barbara, 1981 (1952)〔『雨は降るがままにせよ』飯田隆昭訳、思潮社、一九九四年〕
Burroughs, William S. Jr.: *Speed, Kentucky Ham*, The Overlook Press, New York, 1993 (1970, 1973)
Charters, Ann, ed.: *Jack Kerouac, Selected Letters, 1940–1956*, Viking Penguin, New York, 1995
Davis, Wade: *One River, Explorations and Discoveries in the Amazon Rain Forest*, Simon & Schuster, New York, 1996

——: *The Lost Amazon, the Photographic Journey of Richard Evans Schultes*, Chronicle Books, San Francisco, 2004
García Robles, Jorge: *La bala perdida, William S. Burroughs en México (1949–1952)*, Ediciones del Milenio, Mexico D.F., 1995
Ginsberg, Allen: *Howl and Other Poems*, City Lights Books, San Francisco, 1959 (1956)〔『ギンズバーグ詩集』増補改訂版、諏訪優訳編、思潮社、一九九一年〕
—— and Jennie Skerl: "Ginsberg on Burroughs: An Interview" in *Modern Language Studies*, vol. 16, No. 3 (Summer, 1986), pp. 271–278
Grobel, Lawrence: *Conversations With Capote*, Da Capo Press, Philadelphia, 2000 (1984)〔ローレンス・グローベル『カポーティとの対話』川本三郎訳、文藝春秋、一九八八年〕
Gysin, Brion: *The Kast Museum*, Grove Press, New York, 1986
Johnson, Rob: *The Lost Years of William S. Burroughs, Beats in South Texas*, Texas A&M University Press, College Station, 2006
Kerouac, Jack: *On the Road*, Penguin Books, London, 1991 (1957)〔『オン・ザ・ロード』青山南訳、河出書房新社、二〇〇七年〕
——: *On the Road, the Original Scroll*, Viking, New York, 2007〔『スクロール版オン・ザ・ロード』青山南訳、河出書房新社、二〇一〇年〕
——: *Desolation Angels, a Novel*, Deutsch, London, 1966 (1965)〔『荒涼天使たちⅠ・Ⅱ』中上哲夫訳、思潮社、一九九四年〕
Miles, Barry: *William Burroughs, El Hombre Invisible, a Portrait*, Virgin, London, 1992〔バリー・マイルズ『ウィリアム・バロウズ――視えない男』飯田隆昭訳、ファラオ企画、一九九三年〕
Morgan, Ted: *Literary Outlaw, The Life and Times of William S. Burroughs*, Pimlico, London, 1991 (1988)

Murphy, Timothy S.: *Wising Up the Marks, The Amodern William Burroughs*, University of California Press, Berkeley and Los Angeles, 1997
Ohle, David, ed.: *The Short, Unhappy Life of William Burroughs Jr.*, Soft Skull Press, New York, 2006
Russell, Jamie: *Queer Burroughs*, Palgrave, New York, 2001
Skerl, Jennie: *William S. Burroughs*, Twayne, Boston, 1985
ディディエ・エリボン『ミシェル・フーコー伝』田村俶訳、新潮社、一九九一年
ガブリエル・ガルシア＝マルケス「大佐に手紙は来ない」内田吉彦訳（『悪い時　他9篇』所収）新潮社、二〇〇七年
——：「最近のある日」桑名一博訳（『悪い時　他9篇』所収）新潮社、二〇〇七年
ミシェル・グリーン『地の果ての夢タンジール——ボウルズと異境の文学者たち』新井潤美・小林宜子・太田昭子・平川節子訳、河出書房新社、一九九四年
ジェリー・ディットー、ラニング・スターン編『アイクラー・ホームズ——理想の住まいを探して』旦敬介訳、フレックスファーム、一九九九年
マリオ・バルガス＝ジョサ『ラ・カテドラルでの対話』桑名一博・野谷文昭訳、集英社、一九八四年
ミシェル・フーコー「スティーヴン・リギンズによるミシェル・フーコーへのインタヴュー」佐藤嘉幸訳（『ミシェル・フーコー思考集成IX』所収）筑摩書房、二〇〇一年

映像作品

Van Sant, Gus: *Drugstore Cowboy*, 1989
Cronenberg, David: *Naked Lunch*, 1991

参照した文献

Bethell, Leslie, ed.: *The Cambridge History of Latin America, Volume VII, Latin America Since 1930, Spanish South America*, Cambridge University Press, Cambridge, 1991

—— : *The Cambridge History of Latin America, Volume VIII, Latin America Since 1930, Mexico, Central America and the Caribbean*, Cambridge University Press, Cambridge, 1990

Campbell, James: *Exiled in Paris, Richard Wright, James Baldwin, Samuel Beckett, and Others on the Left Bank*, University of California Press, Berkeley, 2003

Cassady, Caroline: *Off the Road, My Years with Cassady, Kerouac, and Ginsberg*, Penguin Books, Harmondsworth, 1991 (1990)

Caveney, Graham: *Gentleman Junkie, The Life and Legacy of William S. Burroughs*, Little, Brown, Boston, 1998

Charters, Ann, ed.: *Jack Kerouac, Selected Letters, 1957–1969*, Penguin Books, New York, 1999

—— : *Beat Down to Your Soul, What Was the Beat Generation?*, Penguin Books, Harmondsworth, 2001

Dillon, Millicent: *A Little Original Sin, the Life and Work of Jane Bowles*, University of California Press, Berkeley, 1998 (1980)〔『伝説のジェイン・ボウルズ』篠目清美訳、晶文社、一九九六年〕

—— : *You Are Not I, A Portrait of Paul Bowles*, University of California Press, Berkeley, 1998

Férez Kuri, José, ed.: *Brion Gysin, Tuning in to the Multimedia Age*, Thames & Hudson, London, 2003

Geiger, John: *Nothing is True, Everything is Permitted, the Life of Brion Gysin*, Disinformation, New York, 2005

Ginsberg, Allen: *The Journals, Early Fifties Early Sixties*, Grove Press, New York, 1977

—— : *The Letters of Allen Ginsberg*, Da Capo Press, Philadelphia, 2008

Harris, Oliver: *William Burroughs and the Secret of Fascination*, Southern Illinois University Press, Carbondale and Edwardsville, 2003

—— and Ian Macfayden, eds.: *Naked Lunch @ 50: Anniversary Essays*, Southern Illinois University Press,

Carbondale, 2009

Huncke, Herbert: *The Herbert Huncke Reader*, William Morrow and Company, New York, 1997

Johnson, Joyce: *Minor Characters*, Penguin Books, London, 1999 (1983)〔ジョイス・ジョンソン『マイナー・キャラクターズ』片岡真由美訳、福武書店、一九九一年〕

Kerouac, Jack: *Tristessa*, Penguin Books, 1992 (1960)

—— and Joyce Johnson: *Door Wide Open, A Beat Love Affair in Letters, 1957–1958*, Penguin Books, New York, 2001 (2000)

Kerouac-Parker, Edie: *You'll Be Okey, My Life With Jack Kerouac*, City Lights Books, San Francisco, 2007〔イーディ・ケルアック・パーカー『ジャック・ケルアックと過ごした日々——You'll Be Okay　そのままでいいよ。。《(ママ)》』前田美紀・ヤリタミサコ訳、トランジスター・プレス、二〇一〇年〕

Leary, Timothy: *Flashbacks, A Personal and Cultural History of an Era, An Autobiography*, G.P. Putnum's Sons, New York, 1990

Lotringer, Sylvère, ed.: *Burroughs Live, the Collected Interviews of William S. Burroughs, 1960–1997*, Semiotext(e), Los Angeles, 2001

Miles, Barry: *Jack Kerouac King of the Beats, a Portrait*, Henry Holt and Company, New York, 1993

—— : *Ginsberg, a Biography*, Virgin, London, 2000

—— : *The Beat Hotel, Ginsberg, Burroughs, and Corso in Paris, 1957–1963*, Grove Press, New York, 2000

Morgan, Bill: *Celebrate Myself, the Somewhat Private Life of Allen Ginsberg*, Viking, New York, 2006

—— : *The Typewriter Is Holy*, Free Press, New York, 2010

Mullins, Greg A.: *Colonial Affairs, Bowles, Burroughs, and Chester Write Tangier*, University of Wisconsin Press, Madison, 2002

Nicosia, Gerald: *Memory Babe, a Critical Biography of Jack Kerouac*, University of California Press, Berkeley and Los Angeles, 1994 (1983)

Sandison, David and Graham Vickers: *Neal Cassady, the Fast Life of A Beat Hero*, Chicago Review Press, Chicago, 2006

Schultes, Richard Evans, et al.: *Plants of the Gods, Their Sacred, Healing, and Hallucinogenic Powers*, Healing Arts Press, Rochester, 2001

Schumacher, Michael: *Dharma Lion, a Biography of Allen Ginsberg*, St. Martin's Press, New York, 1992

Skerl, Jennie and Robin Lyndenberg, eds.: *William S. Burroughs at the Front, Critical Reception, 1959–1989*, Southern Illinois University, Carbondale and Edwardsville, 1991

Sobieszek, Robert A.: *Ports of Entry: William S. Burroughs and the Arts*, Los Angeles County Museum of Art, Los Angeles, 1996

Watson, Steven: *The Birth of the Beat Generation, Visionaries, Rebels, and Hipsters, 1944–1960*, Pantheon, New York, 1995

エドマンド・ホワイト『ジュネ伝』鵜飼哲・根岸徹郎・荒木敦訳、河出書房新社、二〇〇三年

映像作品

Balch, Antony: *Towers Open Fire*, 1963

—— : *The Cut Ups*, 1966

Rooks, Conrad: *Chappaqua*, 1966

Jarman, Derek: *The Dream Machine*, 1984

Brookner, Howard: *Burroughs, the Movie*, 1984

Maeck, Klaus: *Decoder*, 1984
—— : *William S. Burroughs, Commissioner of Sewers*, 1986
Antonelli, John: *Kerouac*, 1986
Benz, Obie: *Heavy Petting*, 1989
Donkin, Nick: *The Junky's Christmas*, 1993

音声作品

Burroughs, William S.: *Call Me Burroughs*, 1965
—— : *Break Through In Grey Room*, 1986
—— : *Dead City Radio*, 1990
—— : *Spare Ass Annie and Other Tales*, 1993
—— and Gus Van Sant: *The Elvis of Letters*, 1985

地図

ニューヨーク
シントン
一州)
ランタ
ジア州)
サヴァンナ
(フロリダ州)
ダーランド
パームビーチ
バハマ
キューバ
ドミニカ
ジャマイカ
ハイチ
プエルトリコ
小アンティル諸島
ジュラス
ニカラグア
コスタリカ
パナマ
パナマ
トリニダード
トバゴ
ベネズエラ
ガイアナ
スリナム
フランス領
ギアナ
ボゴタ
コロンビア
ヴァウペス川
カケタ川
キト
エクアドール
プトゥマーヨ川
グアヤキル
マナウス
アマゾン川
ウカヤリ川
プカルパ
アンデス山脈
ブラジル
リマ
200km
ペルー
ボリビア

マーパ・ポイント
デンヴァー
ローレンス
セントルイス
（コロラド州）
（カンザス州）
（ミズーリ州）
アメリカ合衆国
（テキサス州）
（ルイジアナ州）
ニューウェイヴァリー
ヒューストン
ニューオーリンズ
リオ・ブラーボ川
ファー
レイノーサ
メキシコ
メキシコ・シティ
ベリーズ
グアテマ
エルサルバドル

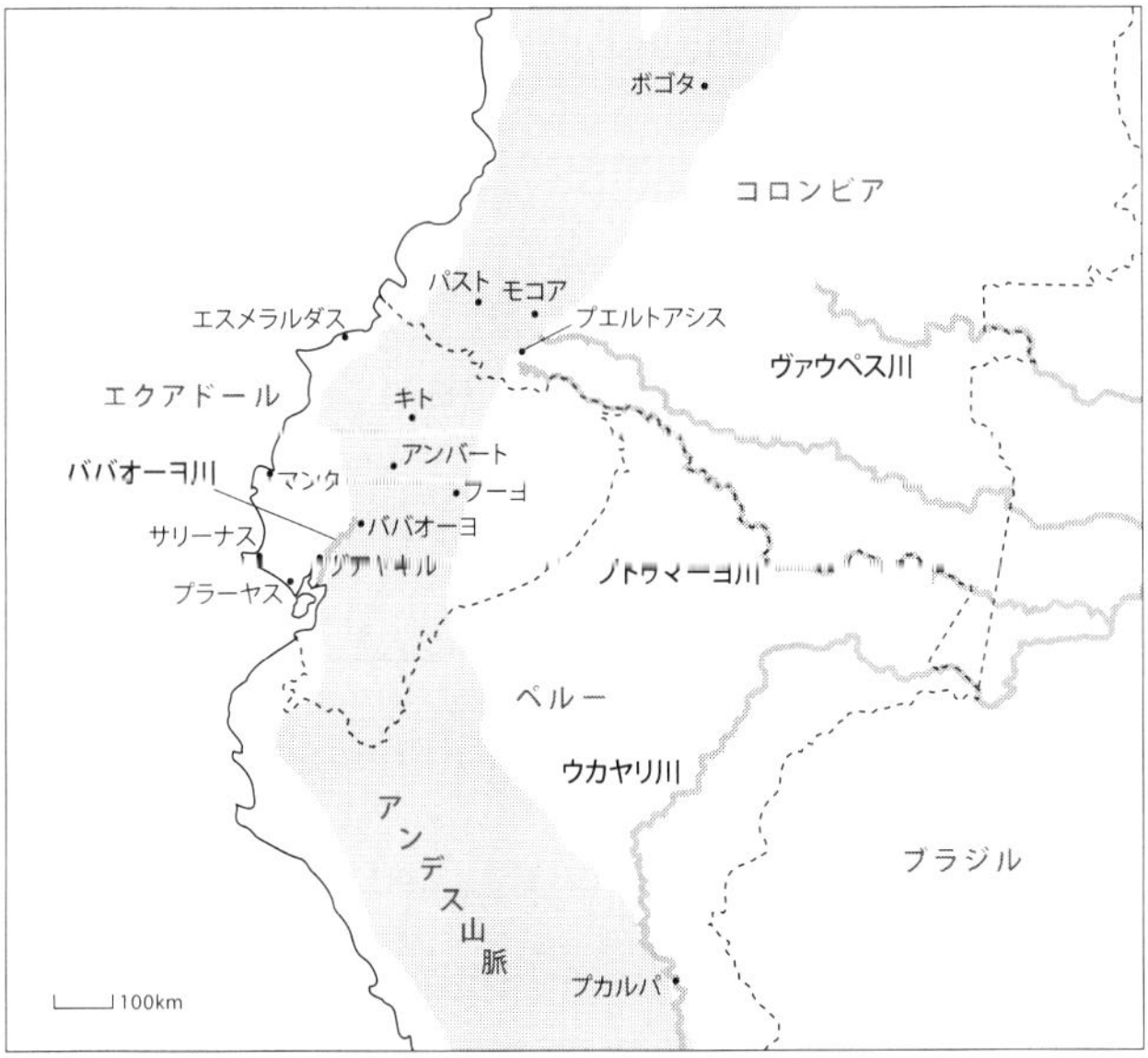
ボゴタ
コロンビア
パスト
モコア
プエルトアシス
エスメラルダス
ヴァウペス川
エクアドール
キト
アンバート
ババオーヨ川
ババオーヨ
サリーナス
プラーヤス
ペルー
ウカヤリ川
アンデス山脈
ブラジル
プカルパ
100km

あとがき

一九九七年八月は僕にとって、バロウズの死とダイアナ・スペンサーの死によって始まりと終わりがくっきりと定められている月だ。

日差しの強い日本の海辺の町で、生まれて半年ほどになる小さな息子と、ナイロビで生まれて二歳になる前に日本に連れてきた三歳半の息子のふたりを保育園に送り届けたのち、そのまま旧道沿いに車を止めて、駅のほうへと歩いた。午前九時だったがすでに日差しは猛烈で、真っ白な歩道の上に真っ黒な影が落ちた。そして、翌月の家賃を払いにいつもの不動産屋に入った。よく冷房の効いたその店内にはラジオが流れていて、そこに急に、ダイアナがパリで事故死したという緊急ニュースが流れた。そのときにすぐに、ああ今年の八月はバロウズの死で始まりダイアナの死で終わったんだな、と考えたことを覚えている。その月の初めに、バロウズの死のニュースを新聞で読んだばかりだったことが鮮明に記憶に残っていたからだ。

バロウズはすでに八十歳を過ぎていたから、いつ死んでも不思議ではないと僕はそのしばらく前からはっきりと思っていた。時折伝わる容貌も杖をついて歩く様子も、だいぶ衰えてきているいることを示していた。しかし、同じ一九九七年の四月五日にアレン・ギンズバーグが死んだあと、死者を次の生へと送り出す「バルド」の儀式（チベット仏教の儀式で死後四十九日に開かれる）が友人たちを集めて催され、アレンの持ち物や彼に捧げるために持ち寄った品々を野天で焼いたようだが、その場にバロウズが元気に立ち会ったことを聞き知っていたので、それから日を置かずにバロウズ自身が死んでしまったことには意表を突かれて強い印象を受けたのだ。バロウズは結局アレンのことがいちばん好きだったのかもしれない……。年下の友人たちが死んでいくのを幾度となく経験してきたバロウズも、ついにいちばん古くからの友人で、十二歳も年下のアレンまで先に死んでしまったことに耐えられなかったのかもしれない……。


この本の出発点になったのは、それから間もなく『現代詩手帖』のバロウズ追悼特集のために書いた「偵察隊からの報告」という原稿だった。そして、それがきっかけとなって一九九八年一月からインスクリプトのウェッブサイトに、バロウズをめぐるエッセイの連載を始めた。これが「The Writing Machine」と題されていたもので、この連載は八回にわたって続いた。

ところが、この連載の途中で、ふたりいた僕の息子たちのうち小さいほうが突然不治の病になり、わずか一週間の入院ののちに一歳八か月で死ぬという取り返しのつかない事件が起こった。その打撃と、それに引き続く激しい家庭内での争いの中で、僕はその先を書き続けることができなくなって、連載は中絶してしまった。

貴重品をすべてひとつの鞄にまとめて、子供用の緑色のプラスチックのバットをかき抱いて寝るような生活の中で、もしも今悪魔がやってきて、お前の魂と引き換えに息子を返してやるぞ、という取引を持ちかけてきたならば取引に応じようと考えたことがたしかにあった。もとに戻れるのならば、それくらいはやった。キリスト教的な伝統の中で、魂を売る、と呼ばれてきたことは、このような立場に置かれた人が否応なく応じてきた取引なのだとはっきりと思った。誰だって売る、wouldn't you? しかし、待っていたのに悪魔は来なかった。返してやる、と持ちかけてくることはなかった。それでも、「魂を売った」経験は僕にとって明らかに一種のイノセンスの喪失であり、それ以前、まだイノセントだった僕が書いた最後の連載部分が、内容的には「タンジェリーン」のあたりだったのである——ただし、今回、本としてまとめる過程では章の順番がだいぶ変わっただけでなく、新しい内容を取りこむために大幅な切り貼りと削除・加筆が行なわれているので、はっきりと切り分けることはできなくなっている。

そのときにはまったく意識しなかったのだが、このときの争乱の渦中で、生き残ったひとり息子を引き連れてアフリカ人の妻のもとから逃げ去ったことにより、僕は息子から永遠に母親を奪ったことになった。母親は半年間戦ったのち仕方なく生まれた国に帰り、それ以来、僕も息子も彼女には一度も会っていない。だから彼は四歳から五歳にかけての半年ほどの間に、一緒に育った弟と母親の両方を相次いで失ったことになった。それがちょうどバロウズ・ジュニアがともに育った姉と母親を永遠に奪われたのと同じ年齢だったのは、「エピローグ」の原稿を書いているときにはたと思いいたったことだ。

こうして中絶した企画だったが、僕は忘れたわけではなかった。

二〇〇二年になって、バロウズの南米体験について明治大学の『教養論集』に論文を書くことができた。結果的にはこれがこの本の中核部分となった内容だ。この部分では、たしかにバロウズの作家としての重大な出発点ないし不可欠な変容が南米とヤへの体験にあったことを示せたと思う。また、『クィア』の旅とヤへ探索との関係（無関係）に関する指摘はこれまで世界中で誰も言っていないことだと自負している。バロウズの作品が、テクストとして厳密に読まれる機会がどれほど少ないかを示していると思う。

このヤへ旅行について書いたあとで、バロウズのメキシコでの足取りが気になってきて、二〇〇四年にはメキシコ・シティにバロウズの足跡を探す旅を十歳になった息子とともに行なった。僕は一九八四年から八五年にかけてメキシコ・シティに住んだことがあり、その後も頻繁に訪れていた時期があったのだが、このときは十三年ぶりのメキシコ訪問だった。その頻繁に訪れていた時代にはバロウズとメキシコ・シティとを結びつけて考えることはなかったのだ。バロウズの最初のすぐれた伝記が出版されたのは一九九〇年前後のことだから、それ以前は伝記的事実をあまり知らなかったし、作品もしっかりと読んでいなかったからだろう。実際にはバロウズの作品には、『裸のランチ』や『ワイルド・ボーイズ』はもとより、後期の作品にまで、メキシコ人のキャラクターは多数登場し、メキシコ弁スペイン語の常套句（とその誤記）も多用されていて、相当こだわっていたことがわかるのだが、これは翻訳ではたいがい消えてしまう要素である。

しかし、二〇〇四年はバロウズがメキシコを去って五十一年後であり、その間にメキシコ・シティはちょうど東京と同じように高度成長を経験し、オリンピックを開催し、一千万都市になり、ワールドカップをも開催するような大発展を遂げ、しかも、大地震から復興していたわけだから、「オリサバ街」「メデジン路地」などの街路名以外、ほとんど何一つ足跡といえるようなものは見つけ出せなかった。「メキシコ・シティ・カレッジ」も外人バーの「バウンティ」も、そしてもちろん、伝説的な密売人「ローラ・ラ・チャヤタ」（「鼻ぺちゃローラ」か「腹黒ローラ」か）も、あとかたもなかった。街路整備の過程で地番変更が行なわれた可能性があり、バロウズが住んだアパートもその建物も確認できなかった。もちろん、酔っぱらったグリンゴに鉄砲を突きつけられてそれを見逃すメキシコ・シティの警官など、現代ではただのひとりもいない。いまだに残っているのは往年の高級品店で、定価販売・返品自由という斬新な販売ポリシーをうたった米資本「セアルス（シアーズ）」と「ウルウォルト（ウルワース）」ぐらいのものだった。

この本のもうひとつの出発点は、その一方で、一九九一年にさかのぼることができる。

一九九一年、スペインに住んでいた僕は、カトリックの本拠地のようなマドリードで、家族も親戚もいないクリスマスを過ごすかわりに、タンジェに行ってみることにした。それは当時、ベルトルッチの映画によって急に広汎な読者を得て再評価されていたポール・ボウルズに直接的なきっかけを得たからだったかもしれないが、明らかにバロウズの影を追いかけてのことだった。僕はポール・ボウルズの作品には、バロウズの『赤夜の六都市』を発見したのと同じ年に同じ場所で遭遇していて、最初は主に中南米を舞台にした短篇小説をよく読んで知っていた。そして、ボウルズは一九九一年にはまだタンジェに住んで生きていたのだから、彼の家の外壁ぐらいは見に行ってもよさそうなものだが、僕はそうはしなかった。

タンジェのクリスマスは予想以上にまったくクリスマス祝祭の片鱗すらないものだった。完全にまったく、商業的な機会としてすら、クリスマスを取り上げずに無視しているのだ。僕にとってこれは本ものの非キリスト教世界との初めての遭遇だったといえる。僕はバロウズが見ていたかもしれない風景を求めて、彼が惹かれたものを求めてタンジェの町の中を、旧市街も新市街も、あてどもなく歩き回った——旅行客というのはメッカ巡礼に行く旅行客なのだから、それを鄭重にもてなすことが自分の徳につながる、という港町の伝統から発したものだという熱狂的なガイド志願者たちに大いに悩まされながら。この町はヨーロッパ大陸と一時間ほどしか離れていないにもかかわらず、また長く植民地化されていたにもかかわらず、実に見事なほどにまったくキリスト教の風習に馴化することがなく、アルファベットを書けない人がたくさんいる場所であって、二十世紀の末にあってなおもたしかに西洋ではない別世界だった。この町はバロウズがいた三十年、四十年前とそれほど大きく変わっていないのかもしれないと思ったが、今にして思えば、むしろ逆に、彼のいた時代のほうが西洋的な、国際的な場所だったのだ。ただ僕は、心のどこかで、どこの町でも三十年も四十年も立ち止まっているはずがないことを予感していた。だから、彼の住んだ場所をとりたてて探すことはしなかった。見つかるはずがない、残っているはずがない、と決めてかかっていたのだ。

　ところがそれから十五年ほど過ぎた二〇〇七年、ポール・ボウルズのもとで作品を書きはじめたことで知られるグアテマラの作家ロドリゴ・レイ＝ロサに会ったときに聞いたところ、バロウズがタンジェの旧市街《メディナ》を出て新市街に移り住み、その後、六〇年代初頭にも常宿とした「ヴィラ・ムニリア」には、レイ＝ロサ自身住んだことがあったという。それはおそらく一九八〇年代のことだ。その後このアパートは短期滞在用のホテルとなって現在でも営業を続けているという話だ。バロウズの住んだ屋上テラス（例のギンズバーグの集合写真に写っているテラス）付きの部屋の番号は……旅行会社じゃないんだから言わないでおこうか。事前の入念な情報収集というのは、たしかにやるべきことなのだ。

少なくともこのときのタンジェ訪問がなければ、「タンジェリーン」の章は絵空ごとで具体性を欠いたものになっていたにちがいがない。

二〇一〇年になってから書いたのがフリーランドにかかわる章と、エピローグだ。イノセンスの時代の最後の連載で、メキシコと南米とタンジェに次いで、もうひとつ『裸のランチ』ができあがるうえで欠かせない役割を果たした旅がある、と書いたまま放置していたのがこの北欧への短い旅のことだった。素晴らしく安逸に見える場所であればあるほど、その背後には、それを支えるための穏便にして強固な抑圧があり、精神的な腐敗が巣くっている、というユートピアの逆説は、悲惨な生の現実がむき出しになっているラテンアメリカやアフリカのような場所をあとにして、日本やアメリカ合衆国や西ヨーロッパなどで人工的な安楽に接したときに感じる強烈な違和感と密接につながっているものであり、ビート文学にとって核心にあったテーマだと言っていい。

実はデンマーク、コペンハーゲンは僕が生涯で一番最初に足を踏みおろした外国であり、着陸態勢に入ったルフトハンザ航空の飛行機の窓から、まったくもってジオラマのようにあざやかで美しい緑地の中を赤い小さな自動車が走っているのが見えた。まったくもってミニカーのようにしか見えない非現実的にあざやかで美しい自動車たちが、まるで神様にあやつられているかのように秩序正しく、しっかりとした車間距離をとって、実に穏やかに、まるでワルツでも伴奏として流れているかのように優美に、音もなくなめらかに走っているのが見えた。一九六六年のことである。空港へと下りていく飛行機の窓から見たこの映像こそが僕にとって生まれて初めてのヨーロッパの映像だった。プラスチック製の模型のように現実感に乏しい美しい秩序の世界である。それどころか、この映像は、僕の映像記憶の中の古いほうから二つ目か三つ目か四つ目ぐらいに位置しているものであり、しかも動画であり、その鮮烈さゆえに、それ以前の幼時の記憶・映像の大部分は覆い隠されてしまったみたいになっている。

数日間のコペンハーゲン滞在のあとで僕が行き着いたのは『リヴォルヴァー』が出たばかりのロンドンで、そこは誰もが、小学生のときから斜め縞のネクタイを締めて、膝までの半ズボンと手首のところを折り返す形式のセーターという制服で学校に通う堅苦しい世界だった。バロウズが襟の部分だけベルベット生地になったおしゃれなヘリンボーンの外套を着て、首を高く伸ばして前衛作家の気どりを見せていたのは、まったくもってこの時代のロンドンだった。たしかに、六〇年代後半のロンドンでは、ペイズリー模様の派手な開衿シャツと股間すれすれのミニスカートと、さらにくだけたヒッピー趣味とが、禁酒法時代に成人になったバロウズと同居していたのだ。

このようにしてこの本は、僕にとって、いろいろな意味で、ありうべき自分の人生のスケッチを描いているように思えてくる瞬間が一度ならずある、奇妙な、一種の同時進行的な私小説でもあった。同時進行的と言ったのは、最初に書きはじめた一九九七年から一九九八年にかけての時期に一気に書きあげてしまっていたならば、けっして書けなかったものを、十年以上の時間を滞留したがゆえに書くことができた部分があるからだ。それはとくに、ビリー・バロウズ・ジュニアに関するエピローグの部分、なかんずく、十六歳になったバロウズ・ジュニアのタンジェ訪問と父親と子供の関係の部分だ。この本が僕にとって、五歳で母親を失った息子が十六歳になった年でなければ書けなかった作品であり、もうひとりの小さい息子の死を「書くことによって乗り越える」(『クィア』前書き)ための本であるように思えてきたのはこのときだった。

文学研究においては「作者の死」ということがさかんに言われてきた。作品を作者と切り離して、自立したテクストとして読むことが作品を正当に評価する道筋とされた。しかし、僕は少し違うことを考えて口にしてきた。作品が面白いのは作者が面白いからだ、と。作品がどんなに素晴らしくたって作者がつまらない人間だったら、その作品と作者に寄り添って人生を賭けられないじゃないか。文学作品を読むのは、作品を評価するためではなく、生きていくうえでのアイディアを得るためなのだから。だからこそ、生半可な伝記的情報、有名なキャッチフレーズ、悪そうなイメージだけが注目されがちなバロウズの人間と作品を、既成のイメージを乗り越えて、彼に寄り添って深く読みこむ読者の道標になるような本を作りたかった。

このようにして十三年ほどにまたがって書いたものを、切ったり貼ったりシャッフルしたりしてかなり大胆に編集し直して、何らかの統一性のあるものに仕立てあげてくれたのはインスクリプトの丸山哲郎氏である。その作業は、自分が書いたものを全然編集できなかったバロウズ自身になったような気持ちを味わわせてくれる目覚ましいものだった。丸山さんは一九八〇年代末、僕が物書きとして生活するようになった本当にはじめのころから、僕が書いたものについてあんまり褒めずに、ニヤリと横目で笑いながら、あるいはデッドパンな（不満が丸見えなのをあえて押し隠そうとしているような）顔をしながら、たいがい批判的に話してくれた数少ない編集者である。あれから二十年以上たって、やっと今回、少なくとも一度は「面白い！」と言って褒めてくれた。十年前に書いたものよりも、今のもののほうがいい、というようなことを言ってもちあげてくれた。それに乗せられて書き上げることができた。彼がいなかったらこの本は一から十まで生まれることがなかった。Gracias.

二〇一〇年八月三十一日

アフリカの熱波に襲われたアリカンテ
熱帯夜の続く東京

旦　敬介

旦敬介（Dan, Keisuke）

一九五九年生まれ。作家、ラテンアメリカ文学研究者、翻訳家。明治大学国際日本学部教授。一九八二年に初めてペルーとボリビアに旅して以来、メキシコ、スペイン、ブラジル、ケニアなどに暮らしながら字を書いてきた。サルヴァドール・ダ・バイーアで生まれ直した。

著書に、『ラテンアメリカ文学案内』（共編著、冬樹社、一九八四）、『ブラジル宣言』（共著、弘文堂、一九八八）、『逃亡篇』（日本放送出版協会、一九九三）、『ようこそ、奴隷航路へ』（新潮社、一九九四）。

訳書に、エリック・ニセンソン『マイルス・デイビス』（共訳、CBS・ソニー出版、一九八三）、オカンポ「ビルカバンバ地方についての記録」（〈大航海時代叢書〉第2期16『ペルー王国史』所収、岩波書店、一九八四）、レスリー・フィードラー『フリークス』（共訳、青土社、一九八七）、マリオ・バルガス＝リョサ『世界終末戦争』（新潮社、一九八八）、セベロ・サルドゥイ『歪んだ真珠』（〈バロック・コレクション〉筑摩書房、一九八九）、マルシオ・ソウザ『アマゾンの皇帝』（弘文堂、一九八九）、マーク・ザルツマン『鉄と絹』（角川書店、一九九〇）、ガブリエル・ガルシア＝マルケス『幸福な無名時代』（筑摩書房、一九九一、ちくま文庫、一九九五）、『十二の遍歴の物語』（新潮社、一九九四、〈ガルシア＝マルケス全小説〉『予告された殺人の記録 十二の遍歴の物語』二〇〇八）、『愛その他の悪霊について』（新潮社、一九九六、〈ガルシア＝マルケス全小説〉『愛その他の悪霊について』二〇〇七）、「海岸のテクスト」〈世界文学のフロンティア〉3『夢のかけら』所収、岩波書店、一九九七）、『誘拐』（角川春樹事務所、一九九七、『誘拐の知らせ』ちくま文庫、二〇一〇）、『生きて、語り伝える』（新潮社、二〇〇九）、アレックス・シューマトフ『地球は燃えている』（新潮社、一九九二）、アリスター・グレイアム『夜明けの瞼』（リブロポート、一九九三）、アルド・ファライ『夢あはせ』（写真集、ＪＩＣＣ出版局、一九九三）、ファン・ゴイティソーロ『戦いの後の光景』（みすず書房、一九九六）、トマス・エロイ・マルティネス『サンタ・エビータ』（文藝春秋、一九九七）、ジャメイカ・キンケイド『小さな場所』（〈新しい〈世界文学〉シリーズ〉、平凡社、一九九七）、ルイス・セプルベダ『ラブ・ストーリーを読む老人』（新潮社、一九九八）、ジェリー・ディットー、ラニング・スターン『アイクァー・ホームズ』（フレックス・ファーム、一九九九）、ライアル・ワトソン『匂いの記憶』（光文社、二〇〇〇）、『ダーク・ネイチャー』（筑摩書房、二〇〇〇）、ペネロピー・ローランズ『ジャン・プルヴェ』（フレックス・ファーム、二〇〇一）、ホルヘ・ルイス・ボルヘス『無限の言語』（〈ボルヘス・コレクション〉国書刊行会、二〇〇一）、パウロ・コエーリョ『悪魔とプリン嬢』（角川書店、二〇〇二、角川文庫、二〇〇四）、『11分間』（角川書店、二〇〇四、角川文庫、二〇〇六）、『ザーヒル』（角川書店、二〇〇六、角川文庫、二〇〇九）、ソル・ファアナ・イネス・デ・ラ・クルス『知への賛歌』（光文社古典新訳文庫、二〇〇七）、などがある。

図版クレジット

口絵写真

William Burroughs on roof apartment house East Seventh Street where I had a flat, we were lovers those months, editing his letters into books not published till decades later (as Queer, *1985) Lower East Side Fall 1953*

photograph taken by Allen Ginsberg, 1953

Gift of Gary S. Davis

Permission arranged with the Board of Trustees, National Gallery of Art through Japan UNI Agency, Inc.

表紙、オビ写真

章扉挿絵

ライティング・マシーン――ウィリアム・S・バロウズ

旦敬介

2010年11月11日 初版第1刷発行

発行者 丸山哲郎
装 幀 間村俊一

発行所 株式会社インスクリプト
〒101-0051 東京都千代田区神田神保町1-40
tel:03-5217-4686 fax:03-5217-4715
info@inscript.co.jp
http://www.inscript.co.jp

印刷・製本 株式会社厚徳社
ISBN978-4-900997-30-1
Printed in Japan